大棋局

从《开罗宣言》到《波茨坦公告》

魏纪奎　张丽　余海玉◎著

四川文艺出版社

图书在版编目（CIP）数据

大棋局：从《开罗宣言》到《波茨坦公告》/ 魏纪奎, 张丽, 余海玉著. — 2版. — 成都：四川文艺出版社, 2019.3
ISBN 978-7-5411-5234-4

Ⅰ.①大… Ⅱ.①魏… ②张… ③余… Ⅲ.①电视纪录片—专题片—解说词—中国—当代②第二次世界大战—史料 Ⅳ.①I235.2②K152

中国版本图书馆CIP数据核字（2019）第025862号

DAQIJU

大 棋 局

从《开罗宣言》到《波茨坦公告》

魏纪奎 张丽 余海玉 著

策划组稿　　林小云
责任编辑　　孙学良
封面设计　　点滴空间
内文设计　　史小燕
责任校对　　段　敏
责任印制　　唐　茵

出版发行　　四川文艺出版社（成都市槐树街2号）
网　　址　　www.scwys.com
电　　话　　028-86259287（发行部）　　028-86259303（编辑部）
传　　真　　028-86259306

邮购地址　　成都市槐树街2号四川文艺出版社邮购部　　610031
排　　版　　四川胜翔数码印务设计有限公司
印　　刷　　三河市华东印刷有限公司
成品尺寸　　169mm×239mm　　　开　　本　16开
印　　张　　11.25　　　　　　　　字　　数　150千
版　　次　　2019年3月第二版　　　印　　次　2019年3月第一次印刷
书　　号　　ISBN 978-7-5411-5234-4
定　　价　　45.00元

前　言

1945年8月6日上午，美军轰炸机在日军南部大本营所在地广岛，投下一枚名为"小男孩"的原子弹。这是第二次世界大战中让人难以忘怀的一幕。尽管"小男孩"是为正义而爆炸，但是看到被炸之后的广岛，仍让人心生悲悯。而广岛的惨状仅仅是"二战"带给世界各个战场中无数伤痛的一个缩影。

"二战"结束之后，世界迎来了相对和平的70多年。这珍贵的和平无疑要归功于战后国际秩序的确立：开罗会议的协商，《波茨坦公告》的发表，法西斯势力的投降，联合国的成立……如今，世界上绝大多数国家都加入了联合国，这说明了世界人民对于和平的拥护。

70年的时间并不久远，我们仍然记得1943年11月，整个世界还笼罩在法西斯的阴霾之下，尽管他们已是强弩之末：亚洲战场，日军遭到了中国军民和太平洋美军的猛烈打击；在欧洲，苏联战场战争形势开始扭转；北非阿拉曼战役结束，盟军登陆西西里岛，意大利已经投降。然而顽固的法西斯势力却仍在疯狂地作最后的挣扎。

而正义的力量正在越来越紧密地团结起来。英美等几国的领导人从世界各地赶到开罗进行会商，以图尽快结束战争并进行战后的安排。而为抗击法西斯付出无数鲜血的中国也自然在受邀之列。这是一次关于战争与和平的会议，会议的决议《开罗宣言》，直到今天仍不断被引用和讨论。

《开罗宣言》是一篇充满正义力量和战略智慧的檄文，讨伐了日本半个多世纪的侵略罪恶，表达了铲除侵略根源、创建持久和平的坚定决心和行动方案。该宣言经美、中、英三国于1945年7月26日在波茨坦所发表的《波茨坦公告》及1945年9月2日盟国与日本在密苏里号战列舰所签署的《日本降书》确认，是战后处理日本问题的共识，也是处理战后亚洲新秩序的一份重要文件。《开罗宣言》具有国际法的性质和效力，早已是一个为国际社会普遍接受的事实，国际法有充分的根据证明其法律效力。

在纪念反法西斯胜利70周年之际，《军事纪事》栏目的一支摄制组却辛勤地奔波在世界各地。他们遍访旧地、邀请重量级专家、寻访历史的见证者与珍贵资料，用一年的时间创作完成了五集大型纪录片《大棋局：从〈开罗宣言〉到〈波茨坦公告〉》。

2016年7月，纪录片《大棋局：从〈开罗宣言〉到〈波茨坦公告〉》获得第十届"纪录·中国"创优评析抗战文献类节目一等奖。为了让更多的人了解这段历史和这些珍贵的资料，《大棋局：从〈开罗宣言〉到〈波茨坦公告〉》也以图书的形式与广大读者见面。

重温历史，为了让人们记住曾经的伤痛；反思战争，意在让人们更懂得珍惜和平。

目录 Contents

第一章 入局

埃及吉萨金字塔是世界七大奇迹之一，也是闻名全球的旅游景点，附近坐落着富丽堂皇的米娜酒店，影响世界的开罗会议由此诞生。这里有三张著名的开罗会议新闻发布会的照片，埃及米娜酒店的经理塔里克总会向人们介绍这几张照片。太平洋战争的爆发为"二战"带来转折，为尽快结束战争，国际反法西斯力量需要协作，中国以巨大的牺牲和顽强的战斗赢得世界反法西斯力量的重视，大国地位也开始凸显。开罗会议的受邀，意味着鸦片战争战败103年后，中国再次入局。这一局，中国比任何时刻都想要赢。

1

埃及开罗

埃及吉萨金字塔，世界七大奇迹之一，也是闻名全球的旅游景点。沿金字塔往东700多米，坐落着富丽堂皇的米娜酒店。70多年前，随着二十几位中国人出现在这座五星级的酒店里，影响世界的开罗会议由此诞生。

△ 米娜酒店指埃及开罗的米娜宫。这里是70多年前开罗会议的召开地。

△ 米娜酒店经理塔里克讲解开罗会议时期的老照片。

塔里克（埃及开罗米娜酒店经理）：

　　这三张著名的照片是开罗会议新闻发布会的，你能看到这是中国国民政府国防最高委员会委员长蒋介石，美国总统罗斯福，英国首相丘吉尔；这张照片上是蒋介石的夫人宋美龄，宋美龄坐在丘吉尔旁边，她是会议期间的翻译……

　　对于每一位来到这里的中国人，埃及米娜酒店的经理塔里克都会向人们介绍这几张照片。1943年11月25日，开罗会议即将落幕时，美国总统罗斯福、中国国民政府国防最高委员会委员长蒋介石和他的夫人宋美龄、英国首相丘吉尔一同拍下了这张照片。这是一张意义非凡的珍贵照片，它记录了近代史上中国以大国身份登上国际外交舞台的历史性时刻。

　　△　左起：蒋介石、罗斯福、丘吉尔、宋美龄。宋美龄是会议期间的翻译。

　　然而，当时饱受战火蹂躏、大片领土被日军侵占的中国，靠什么获取了与美英强国平起平坐，共同就今后对日作战战略进行协调，并就战后一些重大国际问题交换意见的机会呢？

△　侵入中国领土的日军。

2

中国重庆，黄山官邸

中国西南重镇重庆市南岸区，林木掩映中的这座建筑，是抗战时期蒋介石的居所。1943年6月4日，黄山官邸收到了一份国民政府外交部长宋子文从美国发回的急电。

胡德坤（中国二战史学会会长，武汉大学教授）：

这个电文就是，他（蒋介石）从美国总统罗斯福那里，获得这样一个消息，就是美、英、苏、中四国，要共同召开首脑会议，协调后面的作战计划。

△　时任国民政府外交部长宋子文，以及他从美国发回的急电。

参加四国峰会，意味着中国可以和美、英、苏三个世界强国平等对话，这对于自一百多年前的鸦片战争以来一直饱受西方列强欺凌的中国来说，无疑是令人振奋的消息。

那么，从无缘强国行列到美国总统罗斯福主动要求同台对话，这种巨大变化的起点是从哪里开始的呢？

3

美国华盛顿

在美国华盛顿核心区域罗斯福纪念公园的一面墙上，镌刻着第32任美国总统富兰克林·罗斯福的演说词。

> 我目睹了战争，我看到战争发生在陆地和海洋上；我看到鲜血从受伤者身上流下；我看到淤泥里的尸体；我看到无数城市被摧毁；我看到无数母亲和妻子垂死挣扎；我痛恨战争。

这是一个国家统帅从心底发出的呐喊，表明了他对战争有着怎样的厌恶态度。在纳粹德国、日本、意大利最初结成军事同盟发动侵略战争早期，在国内政治的巨大压力之下，罗斯福政府曾采取避免将美

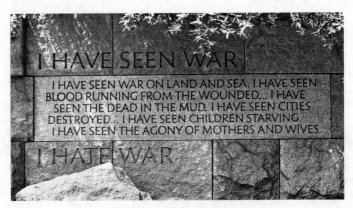

△ 罗斯福的演说词。镌刻在罗斯福纪念公园的一面墙上。

国卷入战争的政策。然而，当1941年日军偷袭珍珠港，太平洋战争爆发时，罗斯福不得不面对残酷战争的来临。

△ 日本偷袭珍珠港。这一事件将美国卷入第二次世界大战。

△ 罗斯福发表宣战演说，宣布对日作战。

△ 支持对日作战的美国民众。

罗斯福发表宣战演说：

我请求国会宣布，自日本于1941年12月7日攻击美国（珍珠港事件）之后，美日之间已经进入了战争状态。

这个被誉为"如狮子一般勇猛果敢、又像狐狸一样机智灵活"的总统罗斯福，与华盛顿、林肯成为美国历史上最著名的三位总统。而1943年，在"二战"处于转折期的关键时刻，邀请中国加入四国峰会，则体现了罗斯福清醒务实的一面。

△　在亚洲大陆上的日本陆军。

△　在太平洋上的日本海军。

陶文钊（中国社会科学院美国研究所研究员）：

因为在亚洲战场，在亚洲大陆上主要是中国在打，在太平洋上主要是美国在打，所以怎么样来结束对日本的战争，接下来的战争怎么打，美国必须要跟中国商量。

方德万（英国剑桥大学教授）：

中国在这场战争中非常重要，美国试图协助中国获得民族自决等权利和自由，使中国成为这场战争中的重要支柱，保证东亚地区不受欧洲的影响。

4

事实上，1937年7月7日全面抗战爆发不久，美国总统罗斯福就已经意识到中国将是遏制日本帝国主义势力扩张的主力军。

早在1931年九一八事变之后，中国共产党首先提出武装抗日的爱国主义主张和倡导建立抗日民族统一战线的思想。此时的蒋介石却一直坚持"攘外必先安内"的错误方针，导致中国丢失了东北三省全部和华北大片国土。

△　蒋介石"攘外必先安内"言论在报纸上公开刊发。

菊池一隆（日本爱知学院大学教授）：

蒋介石在1930年代前期也尽量避免和日本发生冲突。但在1937年，更准确地说是在西安事变之后，他开始转变对日态度。

1936年12月12日西安事变后，中国共产党为建立抗日民族统一战线进行了艰辛努力，逐步调整政策，将"抗日反蒋"改变为"逼蒋抗日"、"联蒋抗日"，促成西安事变的和平解决，推动国共两党第二次握手言和，最终促成了抗日民族统一战线的建立，为实现全民族抗战以及后来的胜利奠定了基础。

金一南（国防大学战略研究所所长）：

（当时）蒋介石对德国驻华大使陶德曼讲了这么一句话，他悄悄地讲，陶德曼先生，我必须抗日，你看看共产党人，他们是从来不投降，我如果不抗日，我在中国要失去合法性。所以，我必须抗日。我觉得你从蒋介石他这个话里面，也能听出当年他下决心抗日的时候，共产党这种坚决的态度，给他的重大影响。

△ 抗日战争时期的毛泽东。

1937年8月13日，淞沪会战在上海爆发。战斗打响第二天，美国《独立日报》就在头版头条全面报道了这场战争，它这样描述道：目击者称当他走进被炮弹轰炸过后的街道时，他看到了到处是残缺和损伤的身体，大量的尸体被发现趴在小巷中，街道上到处是受伤流血的人。

△ 1937年美国报纸报道中国的淞沪会战。

这场战役是中国抗战前期规模最大、战斗最惨烈的一场战役。

日本全面侵华战争初期，日本对华战略是"速战速决"。"与中国发生战争，两三个月就解决了"，这是日本陆军大臣杉山元在淞沪会战开始后的第五天向裕仁天皇做出的自信判断。

△ 淞沪会战中上海军民积极救治伤员。

菊池一隆（日本爱知学院大学教授）：

当时日本有很多军事工业，兵力也颇有组织，武器数量很多，而且拥有多于中国十几倍的性能优良的飞机、精良的现代武器、坦克，日本也认为自己肯定会赢，在3个月之内击败中国。

然而，中日两军在淞沪会战中的激烈交锋，让嚣张的日本法西斯大跌眼镜。淞沪会战持续时间长达3个月，日军死伤4万余人，远远超出日军大本营对战争进程的研判。日军虽然占领了上海，但他们急切盼望的"结束战局机会"却远未到来。

陶涵（哈佛大学费正清研究中心研究员）：

我会说这是个国家的整体表现，是中国人民对这场长期战争的坚持，以及中国军队的极好的表现。

接下来，在忻口会战、徐州会战、武汉会战等一系列重大战役中，中国军队都表现出了非同寻常的抗战决心。

1937年9月25日，全面抗战爆发后的第三个月，八路军取得了平型关战役的胜利。八路军首战告捷，沉重打击了日军的疯狂气焰，打破了日军不可战胜的神话。随后，在毛泽东持久战思想指导下，共产党领导的抗日武装开辟敌后战场，广泛开展游击战争，对侵华日军形成了巨大的牵制作用。

胡德坤（中国二战史学会会长，武汉大学教授）：

日本用少量的兵力来占领一个很大的国家，它的兵力很分散，这样就给我们一种发展的余地，就是从它的后方建立根据地，去后方开展游击战。

中共领导下的敌后抗战，往往让侵略者更加束手无策。

△ 平型关战役遗址。这场战役打破了日军不可战胜的神话。

菊池一隆（日本爱知学院大学教授）：

当时日本认为比起国民政府的军队，中共的军队更为可怕，在很多文献上都提及，特别是八路军是十分可怕的。因为如果从正面作战的话，日本有决定性的优势，但日本在正面作战的同时，还要应对共产党从背后进行的游击战，所以无法专心在正面战场作战。

1940年8月，八路军更是主动出击，组织20余万兵力，对华北地区发动了一次长时间、大规模的战役，史称"百团大战"。8月20日晚，八路军的第一次大规模出击，就造成日本侵略者的巨大损失。日本《华北方面军作战记录》中有这样的记载："这次奇袭完全出乎我军意料，损失甚大，需要相当的时日和巨额经费才能恢复。"在近4个月的"百团大战"中，八路军几乎使日军在华北的交通网完全陷于瘫痪。

华夏大地，在全面的全民族抗战路线的推动下，国共合作、军民抗战的局面向世界宣告：中国并未灭亡，中国仍在顽强战斗；日军速战速决的幻想就此化为泡影。

胡德坤（中国二战史学会会长，武汉大学教授）：

我们所有的敌后也好还是正面战场也好，一直在不断消耗日本军队的有生力量。

而在太平洋的另一端，日本侵华战争的进程也引发了美国公众的高度关注。

5

美国华盛顿，美国国家档案馆

在华盛顿美国国家档案馆里，我们找到了一部名叫《苦干》的珍贵纪录片。

1942年，在美国第14届奥斯卡奖评选当中，纪录片《苦干》被授予了特别奖的荣誉。这部美国人拍摄的纪录片真实记录了抗战时期中国大后方的珍贵影像，其中，对于重庆大轰炸的描述尤其动人心魄。

△ 美国纪录片《苦干》片段。尽管重庆已陷入滚滚浓烟之中，但中国军人仍在沉着应战。

中国重庆

中国重庆，一座拥有2800多万人口、充满现代气息的繁华都市。如今的人们很难想象，70多年前，作为国民政府临时首都，这里却是满目疮痍。

从1938年2月18日起，日军对重庆展开了持续时间长达5年半的战略轰炸。

岳晓东（香港城市大学心理学教授）：

　　当时日本人想通过不断的狂轰滥炸，不断的这种强暴或者说野蛮行为，把中国人吓破胆。

尹从华（时为国立政治大学学生）：

日本人想用战略轰炸宣示它的威慑力量，来打垮中国人民抗战的那种意志，打垮当时国民政府抗战的那种决心。

日军实施的是一种不区分军事、非军事目标的无差别轰炸，这种轰炸的主要受害者往往是无辜平民。重庆大轰炸，日军出动飞机9000多架次，投弹20000多枚，轰炸目标都是居民区、商业区等，先后共造成11000多名平民死亡，其惨烈的程度令美国舆论倍感震惊。大轰炸虽然给这座城市造成了巨大的人员伤亡和财产损失，但中国人抵抗侵略的决心和意志却丝毫不曾动摇。

杨钟岫（重庆大轰炸亲历者）：

孩子照样上学上课，机关照样上班。你今天炸了，我明天又把它修起来。

△ 纪录片《苦干》中大轰炸后的重庆街头，孩子照样上课，机关照样上班，市民们毫无惧色。

尹从华（时为国立政治大学学生）：

重庆人民并不因为你日本法西斯的轰炸，所谓战略威慑，用威胁力量我们就屈服，没有屈服。愈挫愈勇，愈挫愈奋，愈战愈勇，愈战愈强。

美国华盛顿，白宫

美国总统罗斯福在白宫观看了《苦干》这部纪录片后，当即写下《致重庆市民的纪念状》："当该市遭遇空前未有之空袭时，人民坚定镇静，不被征服，足证恐怖主义对于争取自由之民族，不能毁灭其精神"。

纪录片《苦干》在美国的上映，让美国朝野充分了解到了中国对抗日本的重要作用。

△ 罗斯福《致重庆市民的纪念状》。

胡德坤（中国二战史学会会长，武汉大学教授）：

日本陆军100多万的兵力都在中国战场作战，这就减轻了美国军队在太平洋战场作战的压力，有利于在太平洋战场的反攻作战。

刘维开（台湾政治大学教授）：

如果没有中国的这样长时间的牺牲，长时间的这样奋斗，那么太平洋战争爆发之后的一个情况，是很难说的。

6

美国纽约，罗斯福纪念馆

全国性抗战全面爆发后，中国并没有像许多人预料的那样迅速崩溃，随后，中国在世界反法西斯战争中的作用日益凸显。

1941年珍珠港事件后，中国政府竭力呼吁英、美、苏等国共同对法西斯国家作战，成为最早、最积极呼吁建立世界反法西斯同盟的国家，这一切都给美国总统罗斯福留下了深刻印象，他这样评价："如

△　纽约罗斯福纪念馆。

果中国屈服，会有多少日本军队脱身出来？那些部队会占领澳大利亚、占领印度，然后长驱直入，直捣中东……"

吴景平（上海复旦大学教授）：

中国独自支撑着、坚持着战争长达4年之久这个事实，他（罗斯福）认为可以说明问题。

钱复（原蒋介石英文秘书）：

历史是不能够被变更的，仇恨也许可以忘，但是历史不能改变，我们的牺牲是我们跻身国际社会主要强国之一的最主要的原因。

美国纽约，罗斯福故居

除了战争层面的考量，从国家长远战略布局，罗斯福认为，像中国这样一个幅员辽阔、人口众多的国家，未来必将会在世界强国行列中占据一席之地。而美国为了维护自身在远东地区的现实和长远利

△　纽约罗斯福故居。

益，需要在这里找到一个有力盟友，中国无疑就是最佳选择。

正是出于这些原因，罗斯福才在1943年6月4日，通过正在美国访问的国民政府代表宋子文向中国政府发出了参加四国峰会的邀请。然而，对于罗斯福的邀请，蒋介石的答复却出乎所有人的意料。

蒋介石，1887年10月出生于浙江宁波奉化一个盐商家庭，青年时期成为一名职业军人并参加辛亥革命，直到登上最高权力巅峰。

陶涵（哈佛大学费正清研究中心研究员）：

他是一个很内敛的人，人们称他为"冰冷的鱼"（Cold fish）。

在记录蒋介石每日重要活动的这本《事略稿本》中，面对罗斯福的邀请，蒋介石这样回复："惟余觉在苏、日未公开决裂以前，余参加会晤是否将使斯大林感觉不便？建议美、英、苏三国领袖可先行会

△ 《事略稿本》，记录了蒋介石每日的重要活动

谈。"面对如此重要的一份邀请，蒋介石的拒绝态度十分明确，那么，对于苏联领导人斯大林，他究竟有着怎样的顾虑呢？

事实上，苏联是最早向中国抗战提供军事援助的国家。1937年11月，苏联志愿空军就已经投入中国抗战，与中国飞行员一道浴血长空。苏联援助的装备解决了中国抗战的燃眉之急，是抗战初期给予中国援助最多的国家。

但到了1941年4月，面对纳粹德国带来的战争阴影，为避免两线作战，苏联同日本签订了《苏日中立条约》，此后，苏联不再公开支持中国。

援助虽然中断，但中国战场的局势对苏联而言却更加生死攸关。

戴维·霍洛维（美国斯坦福大学政治系教授）：

20世纪30年代，德国进攻苏联之前，苏联在远东保持着较多的兵力，约50万，但在德国进攻苏联的前期，苏联从远东调走了几十万军队到欧洲，留下了70万军队。

△ 纳粹统治下的德国柏林。

只要中国在战场上拖住日军，苏联就可以避免腹背受敌。因而，苏联不希望看到中国战败，对中国抗战持支持态度。但另一方面，它也不想在与纳粹德国决战的同时，在东方与日军开战，因此在表面上维持着与日本的不战状态。

戴维·霍洛维（美国斯坦福大学政治系教授）：

如果中国没能坚持抗战，这会给苏联带来很大的威胁，因为日本很可能向北进攻苏联，苏联当然不想在远东与日本有战事。

吴景平（上海复旦大学教授）：

因为苏联也很清楚，真正和日本有直接的战争关系，双方已经展开了四年之久的这样一个作战的就是中国。所以他（斯大林）认为，如果和中国最高领导人公开在一个国际会议上进行会商，而且会商的内容是对付日本的话，他认为（日本）是不肯接受的。

然而，后来发现的史料证明，中国政府拒绝罗斯福的参会邀请，背后还另有隐情。

7

美国旧金山，斯坦福大学胡佛研究院

美国斯坦福大学胡佛研究院档案馆收藏有大量中国近现代史的档案资料，其中，一直未能公开发表的蒋介石日记尤其受人关注，许多海内外学者都曾专程来到这里对日记内容进行抄录并展开研究。

△　美国斯坦福大学。

通过查阅蒋介石日记，中国摄制组发现了一个秘密，蒋介石1943年6月4日收到发自美国的电报，直到6月7日才给予回复，而在这期间，蒋介石在日记中的表述，才透露了他真实的所思所想。"余以为余之参加不过为其陪衬，最多获得有名无实四头之一之虚荣，于实际毫无意义，故决计谢绝，不愿为人作嫁也。"

钱复（原蒋介石英文秘书）：

一点没错，蒋先生在日记里是这么写的，他就是说以我们现在的处境，处处要向人低头，要向人要东西，我们绝对不能够低头乞怜，但是该是我们的必须要力争。

根据日记所述，虽然蒋介石的确对苏联领导人斯大林的态度有所顾虑，但他婉拒美国总统罗斯福的根本原因却在于，认为自己参加四国峰会不过只是陪衬，于实际毫无意义。

那么，中国政府为什么会做出这种判断呢？

8

英国，丘吉尔庄园

英国牛津，是英格兰东南部的一座小城，因牛津大学闻名全世界，距离大学城约12公里，就是英国著名的丘吉尔庄园。这座以豪华著称的庄园，是英国一处规模浩大的"宫殿"式建筑。1874年11月30日，英国首相温斯顿·丘吉尔就出生在这里。除了豪门家族的出身，丘吉尔给人留下的另一个深刻印象，就是照片当中他仿佛永远都叼在嘴边的长长的雪茄烟。高档雪茄烟以其做工精细、价格昂贵而被列为奢侈品，而丘吉尔恰好就是这种奢侈品的狂热爱好者。有人做过统计，丘吉尔一生共抽了大约25万支雪茄，是吸食雪茄烟的吉尼斯世界纪录保持者。

在位于伦敦一处偏僻的居民区，摄制组拜访了丘吉尔的外孙女——艾玛·苏姆斯。

采访艾玛同期：

艾玛：当我外公成为首相的时候，我还是个小女孩。

记者：哦，这个是你？

△ 爱抽雪茄的丘吉尔。

艾玛：是。这是我外公故居，他抱着他的狗，抽着
雪茄。

从小和祖父丘吉尔一起生活的她，对祖父的生活习惯极为了解。

艾玛·苏姆斯（丘吉尔外孙女）：

我外公他一直都追求好的东西，所以他喜欢雪茄，他追
求名牌，他喜欢好喝的香槟，过着有品位的生活。

贵族的血统，对雪茄的嗜好，同样伴随丘吉尔的，还有那份大英
帝国的骄傲。"二战"开始后，丘吉尔是英国国内主张对纳粹德国实
施强硬政策的代表人物，他无法容忍自己的国家在法西斯德国面前表
现得怯懦和畏缩。

艾玛·苏姆斯（丘吉尔外孙女）：

当我的外公成为首相的时候，他当时就对人们这么说，
我们一定可以打败敌人，我们永远不会投降。

△　"二战"时丘吉尔"斗牛犬"漫画像。

这是"二战"期间，以丘吉尔形象制作的一幅宣传海报，"斗牛犬"是媒体给予他的绰号，用以赞赏这位首相决不向纳粹德国妥协的态度。然而，丘吉尔心底的另一面却一直饱受世人诟病。

拉纳·米特（英国牛津大学教授）：

他的另一个性格特点对现在的人来说并没有那么大的吸引力，他不是现代的政治家，所以对于他来说，"二战"相当于追求或者保留英国的殖民地，例如印度和亚洲南面，而"二战"对于印度和中国来说就是去追求自己国家的独立，那是与丘吉尔很不一样的立场。

虽然对抗法西斯的立场有差异，但中英两个国家还是从1941年底就开始了军事合作。这年12月，中英两国决定共同对缅甸实施军事防卫，为此，中国专门组建了一支远征军准备入缅对日作战。

然而，由于英国方面对中国军队的能力颇为轻视，又过于高估自己，因而，中国远征军迟迟未能进入缅甸境内。

乔·梅奥罗（英国伦敦大学国王学院教授）：

他对中国的军队力量并不看好，而且当时英国国王有要求，在攻打日本的时候一定要是英国军队，不可以是中国军队。

直到1942年1月初，日军向缅甸发动进攻，英军迅速溃败时，英国方面才匆忙邀请中国远征军入缅作战，但此时，缅甸的局势已经难以挽回。在这种情况下，中国远征军新38师仍然于1942年4月，成功把被围困在仁安羌的7000多名英军救出，帮助驻缅英军保存了实力。中英合作的缅甸战役最终以日军获胜而告结束，但中国军队在解救和掩护英军的过程中，却表现出了英勇的战斗精神和大国担当。

乔·梅奥罗（英国伦敦大学国王学院教授）：

是的，中国军队表现得非常好，缅甸战争（研究者）也一直强调，中国的进攻成功掩护了英国军队。

对于缅甸战役，丘吉尔评价说："在同日本人交战的军队中，中国军队算是最成功的。"可即便如此，内心充满着帝国骄傲的丘吉尔，却没有从根本上改变对中国的看法。那么，这位英国首相到底是怎样看待中国的呢？

伦敦，英国国家档案馆

位于伦敦西区的英国国家档案馆，馆藏档案丰富，有一千多年的历史。"二战"期间，首相丘吉尔和外交大臣艾登的往来书信就被保存在这里。因为涉及敏感的盟国关系，这些书信直到近年来才被公之于众，当时丘吉尔的许多真实想法也由此得以解密。

在1942年10月21日丘吉尔致外交大臣艾登的备忘录中，他这样写道："至于中国，我不能把重庆政府视作一个世界大国力量。美国方面会用'收买无资格投票的人，使他们具有选民资格，来为自己投票出力'的办法力图瓦解不列颠的海外帝国。"

刘维开（台湾政治大学教授）：

（原来）我天天欺负你，我就觉得你就是一个弱者。可是今天呢，突然说你要跟我一起平起平坐，我心理上怎么会接受呢？不接受，就说你是老几？你为什么可以跟我平起平坐？所以基本上有这样子一种心理存在。

在这封信中，对美国为邀请中国参与对日作战战略而做出的努力，丘吉尔进行了言辞尖锐的批判。除了不看好中国的实力，更重要的原因还在于，丘吉尔不希望中国加入大国行列，从而削弱英国在亚洲的影响力。

胡德坤（中国二战史学会会长，武汉大学教授）：

英国"二战"中间是彻底衰落了，这个大英帝国已经雄风不再了，所以丘吉尔极力想保住大英帝国的原有的权益，这是他最大的希望。

1942年，蒋介石对英国控制下的印度进行访问，这个本来善意的举动却让丘吉尔视为中国插手英国势力范围而倍感不满。

为此，他抱怨道："蒋介石为了与甘地讨论印度是否应该脱离大英帝国控制而不惜赶路数百英里，对于这件事，我十分确定这是一个巨大的错误。"（摘自1942年2月13日丘吉尔致外交大臣艾登电报。）

陶涵（哈佛大学费正清研究中心研究员）：

这让丘吉尔觉得很不舒服，他担心这是试图削弱英国在印度的统治，而实质上他是希望甘地不要支持从战争角度来说的反英浪潮。

丘吉尔不仅要防备中国在亚洲扩大影响力，在反攻缅甸的问题上，他也和中国方面有着很大分歧。

韩永利（武汉大学教授）：

缅甸失守了之后，中国对外的国际通道，叫作外援的这个通道就被切断了，滇缅公路被切断了，那么对于中国来说，急切地需要通过重占缅甸来恢复这个援华路。

反攻缅甸，对中国而言生死攸关，对英国来说却并非当务之急。国民政府外交部在1943年的一份报告中，曾做出过这样的评估："对缅甸反攻，非俟地中海战事告一段落，英海军能东移印度洋后，不能发生实效。"

乔纳森·芬诺（英国伦敦大学国王学院教师）：
我觉得战争期间自始至终很清楚的一点就是，欧洲是英国关注的第一大焦点，丘吉尔从来没想将物资从欧洲战区转移到缅甸。

对中国的戒备之心加上中英两国战略重点不同，丘吉尔并不希望与中国政府代表会面。而另一方面，苏联领导人斯大林虽然认可中国在战场上对日本侵略者的巨大牵制作用，却不想与日本马上开战。

胡德坤（中国二战史学会会长，武汉大学教授）：
他（蒋介石）的顾虑主要是在于，美国是可以认可中国，而且愿意跟中国一块儿开会，那么英国愿不愿意，特别是苏联愿不愿意，这是很担心的。加上苏联没有对日本宣战，因此他顾虑很多。

马骏（国防大学教授）：
蒋介石这个人自尊心是很强的。我干吗去，我自取其辱去？所以他犹豫了。

看起来，中国将要错过和世界强国同台对话的机会了。但接下来发生的事情，让蒋介石顾虑有所削减。

1943年1月11日，侵略中国百年、强迫中国签订多个不平等条约的英国和美国，宣布放弃在中国的治外法权等特权，并与中国国民政府签订了新约，废除了清末以来与中国签订的不平等条约。新约的签订表明了中国国际地位的提高。

与此同时，在太平洋彼岸，为了尽早遏制和终结日军在太平洋上的进攻势头，美国总统罗斯福并没有放弃召开四国峰会的努力。一方面，他继续向中国发出进行中美首脑会谈的邀请；另一方面，罗斯福也伺机对苏联和英国进行说服。很快，机会来临了。

9

俄罗斯莫斯科

1943年10月19日，美、英、苏三国外长会议在莫斯科正式召开，会议希望把反法西斯战争进行到底，争取早日建立一个普遍性的国际组

△ 莫斯科。

织，并拟定了《关于普遍安全的宣言》的文件。对外发表前，美国国务卿根据罗斯福的授意，要求将中国列为美、英、苏之外的第四个《宣言》签署国，然而要求刚一提出，便遭到了英、苏两国外长的反对。

胡德坤（中国二战史学会会长，武汉大学教授）：

英国和苏联都不太同意，说中国没参加会议，但是罗斯福就是坚持必须要中国参加这个发表，当时罗斯福讲的就是说，一个四国宣言会比两个三国宣言都还重要。

韩永利（武汉大学教授）：

一个非常重要的理由，就是中国现在在战争当中，我们离不开中国。

胡德坤（中国二战史学会会长，武汉大学教授）：

所以在美国的坚持之下，那么（宣言最后）是（由）包括中国在内四个国家名义发表的。

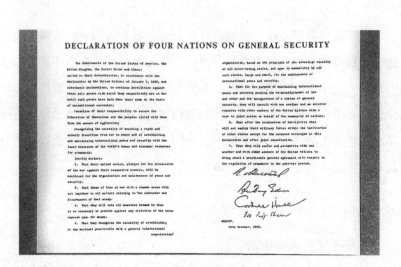

△ 四国签署的《关于普遍安全的宣言》。

《关于普遍安全的宣言》的发表，以文件形式确认了中国的大国地位。在这件事情上，中国政府再次感受到了罗斯福对于中国战场的重视，于是，对参加四国首脑峰会的态度也趋于积极。

同一时间，罗斯福凭借良好的个人关系说服丘吉尔同意与中国政府代表会面。另一方面，他向斯大林提出，由美、英、中三国在开罗，美、英、苏三国在德黑兰分别召开领袖峰会，以避免苏联与中国直接接触而刺激日本，斯大林也接受了这个建议。这样一来，四国领袖峰会变成了分两次召开的三国领袖峰会，但无论如何，美、英、苏三国都已经接受中国成为反法西斯联盟的四强之一。

1943年11月1日，当罗斯福再次向中国政府发出参加美、英、中三国峰会的邀请时，中国政府终于给予了同意的答复。

刘维开（台湾政治大学教授）：

我们可以这样讲，就是从19世纪中叶以后，就我们讲的列强侵略中国之后，那么中国在国际舞台上面，可以说中国以大国的姿态，出现在这个国际舞台上面。

对于参加开罗会议，中国政府代表蒋介石有着明确的认识，他在1943年11月17日的日记中这样写道："余此去与罗、丘会谈，应以淡泊自得，无求于人为唯一方针，总使不辱其身也。对日处置提案与赔偿损失等事，当待英美先提，切勿由我主动自提，英美当知敬我毫无私心于世界大战也。"毫无疑问，中国政府希望通过这次会议，树立起东方主战场的中国有尊严、负责任的大国形象。

10

埃及开罗，米娜酒店

1943年11月下旬，金碧辉煌的开罗米娜酒店，将迎来一个非同寻常的时刻。在丘吉尔的坚持下，当时处于英军控制下的开罗，成为美、英、中三国峰会召开的地点，米娜酒店就是会场所在地。

异常森严的警备之下，带着共同的合作意愿和不同的立场观点，美、英、中三国领导人就要在这里第一次聚首。从重庆到开罗，7000多公里的距离，对于中国来说，这是一条历经了6年时间艰辛抗战、付出无数鲜血牺牲的大国之路，在这条漫长路途上，中国的身影已然显现却仍未清晰。

1943年11月18日，带着希望和疑问，中国政府代表团二十多人向着开罗出发了。

落　子

第二章

开罗不仅仅是亚洲、欧洲和非洲的交通枢纽，埃及古老文明和现代文明的大熔炉，更是影响世界进程的历史事件的见证者。1943年11月23日，开罗会议第一次全体会议结束后，蒋介石夫妇并没有急着去参观闻名世界的金字塔，反而前往罗斯福下榻的别墅。中方十分清楚，各国利益诉求存在差异，只有直接和资源储备丰富的美方讨论，才是解决与中国有关的重大军事政治问题的有效方法。因此，蒋介石与罗斯福的一夜长谈，成为促成与中国相关议题成果的最关键一步。

1

埃及开罗

伴随着清真寺高音喇叭传出的诵经声，这座具有五千年历史的城市迎来了她崭新的一天。

作为中东地区最大的城市，开罗不仅是亚洲、欧洲和非洲的交通枢纽，埃及古老文明和现代文明的大熔炉，更是无数影响世界进程的历史事件的见证者。

1963年底，位于这座城市西南的金字塔地区，迎来一位来自东方古国的要客，中国政府总理周恩来。

△ 开罗狮身人面像与金字塔。

周恩来的这次来访，车船所至，欢声雷动，新中国代表团处处散发着大国的自信与魅力。

然而时光回转20年，一切恍如隔世。

1943年，首位来到开罗参加会议的中国政府代表蒋介石却是心怀忐忑，他的日程也被安排得极为保密，以至于今天的大多数埃及民众对这位当时的中国领导人依然了解甚少。

采访开罗市民同期：

开罗市民：这是丘吉尔，这是美国总统，很老的照片了，这个不认识，好像是中国人。

记者：你知道这张照片的故事吗？

开罗市民：不，这照片太老了。

胡德坤（中国二战史学会会长，武汉大学教授）：

通过抗战，发生了重大变化，这个变化就使得西方大国对中国刮目相看。但是在一般的民众中间，人们对这个重大变化还并不是很了解。所以这还是个自然的现象，所以说"战后"中国成为安理会常任理事国，人们才知道这是一个重要的大国。

沃基哈·阿提格（埃及开罗大学历史系教授）：

当时蒋介石并没有引起埃及政府的注意，但是美国一直是埃及政府关注的焦点，这是正常的。因为实际上中国是在"二战"以后，在毛泽东的领导下，中国才开始在埃及有了名声。

蒋介石出访埃及的1943年，无论是对世界时局，还是对中国的抗日战争而言都是关键的一年。

这一年，中国远征军在中缅战场发起了反攻作战，敌后各个抗日根据地在与日军的激烈斗争中度过了最困难的时期，在1943年夏秋开始转入局部反攻。

1943年9月，意大利法西斯投降，11月，中国代表团飞抵开罗。

此时的中国已在全国性抗战中以一己之力与日寇顽强战斗了6年，对于能否加快战争步伐迎来最终胜利，以及中国的国家利益能否得到最终保障，这次开罗会议的作用显得极为重要。

1943年，凭借中国战场因抗击日本侵略所做出的突出贡献，终于让中国代表以"盟国四强"之一的身份来到开罗。然而，蒋介石却在日记里写下了这样的话："罗斯福总统特别对（宋）子文表示：欢迎中国列为四强之一。此言闻之，但有惶惧而已！"

△ 内心忐忑的蒋介石。

开罗会议的阵容证明中国政府代表的惶惧并非多余，中国代表团包括在华协助抗战的美国军人史迪威在内，一共20余人。当这个队伍抵达埃及首都开罗时，英国首相丘吉尔正率领400多名同样参加会议的英国人，乘坐皇家军舰横渡地中海。

2

埃及开罗

与举世闻名的吉萨金字塔仅仅相距700多米的五星级酒店米娜酒店，曾被国际游客称为金字塔酒店，得天独厚的位置使这里成为举办世界性会议的绝佳场所。

1943年11月，影响"二战"历史进程的开罗会议就在这里举办。

△　距金字塔仅仅700米的米娜酒店。

经当地友人引荐，米娜酒店经理塔里克先生接待了我们。72年前那段与中国密切相关的历史，开始像漫漫黄沙中矗立的金字塔一般，逐渐掀开她神秘的面纱。

令我们未曾想到的是，面对来自中国的摄制组，塔里克首先带领我们参观的并不是会议召开地，而是丘吉尔当时的住房。

塔里克：

这个房间是丘吉尔在"二战"期间在这里住的房子。

陈设严格保持原貌，大概120平方米。

△ 开罗会议期间丘吉尔的住房。

历史将会以怎样的形式重新展现在我们眼前呢?

挂在丘吉尔套房中的这张合影是开罗会议期间最著名的系列照片之一, 高精度的照片最大限度地还原了开罗会议的情景。三位国家首脑坐在低矮的扶手椅上表情愉悦, 相谈甚欢。

尽管照片中的各位看上去关系融洽, 但其实, 在短短4天的会议中, 各方充满着利益博弈, 并非如我们在当年报纸中所看到的那样简单。

当年的中国报纸使用了这样一些标题:"国内舆情鼓舞"、"国外舆论感奋"、"中国自有报纸以来, 从没有登载过这样的好消息"。

3

华盛顿, 美国国家档案馆

总部位于华盛顿的美国国家档案馆是全球最大、最权威的档案机构之一, 这里收藏了关于开罗会议的大量珍贵原始档案, 从美国特工机构会前对开罗安全状况的评估到美国空军的飞行计划, 再到开罗和华盛顿的电报密码等原始资料一应俱全。

△　美国国家档案馆。全球最大、最权威的档案机构之一。

除了文字和照片资料，摄制组还找到了一段开罗会议期间的珍贵影像，这使得我们能够在72年后仍能像看新闻节目一样真切感受到那场会议的氛围。

原声旁白：

　　美国总统罗斯福、英国首相丘吉尔和中国元首蒋介石联合起来对抗日本……

虽然在共同对抗法西斯的大目标下，三位国家首脑得以聚首，然而不能忽视的是，各自的国家利益并不完全一致，国家实力也存在巨大差异，这些都决定了三国领导人各自微妙的心态。

岳晓东（香港城市大学心理学教授）：

　　我们看这个神态，首先我们从左边说起，蒋介石，这个感觉春风得意，在三个人当中其实就是他的挂笑最明显，因为他确实成为大国领袖了。这个丘吉尔就感到一脸不在乎的样子，他一开始就没觉得这事儿有多重要，他一直想的是欧洲战场。

那么，这次影响"二战"局势的三国领导人聚首背后，究竟有哪些不为人知甚至被刻意隐藏的秘密呢？

4

埃及开罗，米娜酒店

从米娜酒店的丘吉尔套房出门右转，穿过装饰奢华的走廊，是一个恢宏壮丽的贵宾餐厅，至今仍然对外营业。

1943年11月21日下午6点半，也就是蒋氏夫妇抵达开罗当天下午，二人步入这间餐厅，拜会69岁的英国首相丘吉尔。这是双方平生第一次会面，也是开罗会议中第一次政府最高领导人会议。

△ 米娜酒店内景。

丘吉尔的大雪茄噼啪作响，这是他给蒋氏夫妇留下的第一印象。

艾玛·苏姆斯（丘吉尔外孙女）：

当"二战"发生的时候，他每天都抽8～10支雪茄，这是很多的，因为那些都是很大的古巴雪茄。

陶涵（哈佛大学费正清研究中心研究员）：

在开罗见到丘吉尔之前，蒋介石对他有非常坏的印象，来源于其强烈的帝国主义主张。他们两个人有着非常不一样的观点，丘吉尔继续在世界各地进行着统治，所以蒋基本上还是对丘吉尔存有过去的印象，他们之间没有什么化学反应。

1943年11月23日，美国总统罗斯福抵达开罗的次日，在米娜酒店这间如今已改作贵宾餐厅的大厅里，三位国家首脑、盟国联合参谋长团以及大小幕僚开始了第一次全体会议。

原声旁白：

中国领导人和美国总统首次面对面会谈……

罗斯福在简短的开幕词中，特地强调了第一次参加如此级别国际会议的中国代表："余以为余可以代表英国盟友欢迎中国盟友。"中方成员此时点头致意。

胡德坤（中国二战史学会会长，武汉大学教授）：

开罗会议对中国的意义非常重大，第一，再次确认了中国是世界反法西斯四大国之一；第二，对中国的抗战，当时来讲是极大的鼓舞。这种鼓舞，中国的确不是孤军奋战，是在和世界所有的大国并肩作战。

当天的全体会议分军事与政治两项，军事部分主要聚焦于对日作战，特别是盟国在滇缅战场的联合作战问题。

方德万（英国剑桥大学教授）：

　　开罗会议之所以重要，是因为在这里要做出战略性的决策，要考虑到开罗及其后在德黑兰与斯大林的会面。丘吉尔、罗斯福还有蒋介石要做出决定，决定1944年应当做什么。

相比军事部分的艰难讨论，会议的政治部分更令中国代表团兴奋。会议决定由罗斯福的私人助理霍普金斯起草一份公报文件，对日本的处理将是这份公报中最重要的内容，其中对日本占领的中国领土在"战后"如何归还，则更是中方最为关切的问题。

　　然而，甚至是很多学者至今都不曾知晓的是，这份后来被证明是中国最大胜利的公报文件，并不是在这家奢华的酒店内诞生的，而是另有神秘地点。

△　开罗会议声明书。

方德万（英国剑桥大学教授）：

罗斯福邀请蒋介石来开罗，丘吉尔非常不满，丘吉尔希望情况是这样的：蒋介石带着夫人去看金字塔，而自己则和罗斯福解决重要的问题。

艾玛·苏姆斯（丘吉尔外孙女）：

丘吉尔在考虑英国的存亡问题，欧洲如何和希特勒对抗。

在法西斯的巨大威胁下，出于各自国家利益，中英两大盟友对世界战局的不同侧重，导致会议进程不会一帆风顺。然而，最令世界舆论感到意外的是，初次登上国际舞台的中国，最后却成为开罗会议最大的赢家。

那么，在短短4天的开罗会议中，究竟发生了什么？

5

埃及开罗

建立于1908年的开罗大学是埃及和整个阿拉伯世界最古老的高等教育机构之一。在这里，我们遇到了埃及历史学家沃基哈·阿提格，作为埃及少数几位研究开罗会议的史学家，他带领我们一步步走进了迷雾重重的历史现场。

沃基哈·阿提格（埃及开罗大学历史系教授）：

罗斯福与丘吉尔之间产生了一些分歧，因为罗斯福当时想把重心放到亚洲战场，也就是说把美国的势力放到东南亚与澳大利亚还有中国一同去压服日本。但是丘吉尔当时是希望美国在欧洲战场上进行更大的控制。

此时此刻的中国战场已经与凶悍的日本侵略者顽强战斗了整整6年。

中国延安

早在1935年12月27日，毛泽东在陕北瓦窑堡就提出："打倒日本帝国主义和中国反革命势力的事业，不是一天两天可以成功的，必须准备花费长久的时间。"从那时起，毛泽东就明确提出要做好与拥有优势装备的日本侵略军持久作战的思想准备。

南京沦陷前的1937年12月1日，蒋介石在日记中就曾这样写道："今日除在时间上做长期抗战，以消耗敌力；在空间上谋国际之干涉，方能制敌之死命。"

在蒋介石的日记中能够感受到，除了军事上抵抗日军进攻，他还期望利用国际力量挡住日本的侵略黑手。

1937年9月22日，国民党中央通讯社刊发《中国共产党发表宣言》。次日，蒋介石发表谈话，承认中共合法地位，并称共产党发表的宣言"即为民族意识胜过一切之例证"。至此，国共两党开始了第二次合作。

△ 中国共产党发表与国民党联合抗战宣言。

△ 蒋介石高度赞扬中共发表的宣言。

秦郁彦（日本大学教授）：

日本最害怕的就是中国统一，也就是一个统一的中国，这是最可怕的。

贫弱的中国面对武器精良和训练有素的日军，战斗之艰苦残酷，几乎到了极限。面对艰难局面，中国军民没有丝毫畏惧，与日本侵略军进行着殊死战斗。

1941年12月7日清晨，日本偷袭珍珠港，美国随即卷入第二次世界大战。此时此刻，中国战场对于美国的战略价值更加重要，美国总统罗斯福终于把目光聚焦到了东方战场，中美合作迎来了最佳时期。

乔·梅奥罗（英国伦敦大学国王学院教授）：

罗斯福的眼里，中国有很重要的作用，最重要的原因就是，从1937年的夏天开始，当时中国占了日本很大一部分的注意力，几乎百万日本士兵在中国境内，日本当时投放了大量的资源在和中国的战争上，更不用说各种设备、食物等，所以让中国能继续战争很重要。

与罗斯福对中国抗击日本法西斯做出巨大贡献的充分认识相反，对于开罗会议中的中国代表，丘吉尔毫不掩饰他的淡漠甚至敌意。

在丘吉尔多年后出版的回忆录中这样写道："我们曾希望劝说蒋介石夫妇去参观金字塔，并消遣一下，等到我们从德黑兰回来再说。"

岳晓东（香港城市大学心理学教授）：

丘吉尔他是贵族出身的，人家家族在英国的贵族排行榜上，排在特前面的，排在第三第四的，所以说他一早玩政治了，他当然有大国视野了，他想这一刻，更多是为了他们英国的利益而战的。

艾玛·苏姆斯（丘吉尔外孙女）：

这很令人伤感，他是帝国主义者，那段时间前的帝国主义者，他当时的思想很落后。

远道而来的中、美、英三国代表各有盘算，最终共识究竟如何达成？这盘三足鼎立的棋局，将如何继续下去呢？

6

埃及开罗，米娜酒店

1943年11月23日，开罗会议第一次全体会议结束后，蒋介石夫妇并没有急着去参观闻名世界的金字塔，反而驱车前往罗斯福下榻的别墅。

中方十分清楚，各国利益诉求存在差异，他们只有直接和资源储备丰富的美方讨论，才是解决与中国有关的重大军事、政治问题的有

△ 罗斯福在开罗会议期间下榻的别墅。

效方法。

因此，1943年11月23日夜，蒋介石与罗斯福在其别墅内的一夜长谈，成为促成与中国相关议题成果的最关键一步。

沃基哈·阿提格（埃及开罗大学历史系教授）：

的确（罗斯福）他一方面是个狮子，另一方面又是一个充满智慧的狐狸，但总的说来，这个领导人，他还是比较实事求是的。

那么，72年过去了，作为历史地标的罗斯福别墅是否仍然存在？我们还能感受到那紧张一夜的氛围吗？

经过几天的探寻和路人的指引，我们终于来到了这座大铁门紧锁的三层小楼前。它果真是我们一直要找的罗斯福别墅吗？如果答案肯定，我们将是72年来第一个找到罗斯福别墅的摄制组。

由于没有时间进行预约，我们只能贸然敲门。

　　幸运的是，房屋的管家友好地为我们打开了大门，随着女主人的出现，我们终于有了答案。

采访罗斯福别墅女主人同期：
　　记者：我们是来寻找罗斯福的别墅。
　　女主人：那你们找对地方啦。

　　可以肯定，这里就是罗斯福参加开罗会议时下榻的地方，影响中国战局的那关键一夜的故事，也逐渐在我们面前展开。

　　1943年12月23日，开罗会议第一次全体会议结束后，晚上7点，一辆黑色轿车驶至这座豪华宅邸门前。当晚会谈内容严格对外保密，除双方翻译外，在座的只有罗斯福和其私人助理霍普金斯，以及蒋介石夫妇。
　　那么，这次从晚上7点持续到凌晨的密谈，其内容究竟是什么？这些内容又将对中国的抗战局势以及领土完整产生怎样的影响呢？

△　开罗会议期间蒋介石与罗斯福密谈处。

7

美国旧金山，斯坦福大学

坐落于美国加州的斯坦福大学是一所享誉世界的私立研究型大学，对远道而来的中国摄制组来说，位于斯坦福大学校园内的胡佛研究院比学校其他机构显得更加重要。

△　斯坦福大学。

胡佛研究院是学界公认的、除中国大陆和台湾之外，全球收藏中国近现代史档案资料最丰富的研究机构，更为关键的是，这里还收藏了一份研究中国近现代史不可忽略的珍贵史料：蒋介石日记。

胡佛研究院的大部分档案可以自由复制，唯独对于蒋介石日记，由于版权限制，研究者只能用馆方提供的纸笔抄录。

令人欣喜的是，在蒋介石于开罗会议期间写下的日记里，我们终于得以了解1943年12月23日夜晚，他与罗斯福密谈的大致内容。

蒋介石日记摘录：

　　日本未来之国体问题，罗氏依余主张，待战后由日本人民自己决定。

而关于罗斯福对与蒋宋密谈的感受，我们可以从罗斯福之子伊利奥的回忆录里略窥一二，随父亲罗斯福一起参加了开罗会议的伊利奥在回忆录中写道：

> 从昨晚和蒋氏夫妇的谈话中，我倒知道了很多关于中国的事情，远胜过那4小时的参谋长联席会议。

在罗斯福的政治理念中，区域之间的平衡制约是维持和平的关键，因此当美国被卷入这场任何国家都不可能置身事外的战争中时，美国不仅关注欧洲战局，对亚洲太平洋的局势也一直保持强烈关注。而幅员辽阔、人口众多的中国在面对日本侵略时表现出的顽强斗志和丰硕战果，无疑使得中国成为这一地区最好的盟友。

岳晓东（香港城市大学心理学教授）：
> 小罗斯福从小就接触中国文化的影响，或者一定程度的熏陶，对中国就有好感，这是第一。第二，珍珠港事件之后，罗斯福本来是应该跟日本人PK，应该跟日本人作战的，结果呢，他当时的信念就是先欧洲后亚洲，他当时就一直没有在亚洲（增加）兵力，只是维持一个防备的状态，这样就让他对中国有一种亏欠的情结。

陶涵（哈佛大学费正清研究中心研究员）：
> 他在珍珠港事件之后发明了这个词汇，让中国被包含在内。赋予中国地位和成为巨头的现实一直都是他的政策的一部分。在战争进行时，华盛顿有时候也考虑支持中国，让中

国发挥重要的作用。

中美合作一致对日作战早已成为共识，经过这一夜长谈，了解到中方的具体诉求后，罗斯福终于决定在充分保证美国利益的前提下，"从中国的角度，让开罗会议成功落幕"。

周勇（中国抗战大后方研究协同创新中心主任）：
　　但是罗斯福他是从美国的利益出发，他需要中国，需要中国顽强的抵抗，所以罗斯福曾经讲，如果没有中国，那日本就可以在亚洲为所欲为，然后和欧洲的德国联合在一起，那我们就必须面对两面作战的计划。

然而，要真正实现这一目标，还需一份签字画押的文件，那就是罗斯福私人助理霍普金斯匆匆起草的史称"开罗宣言"的决议性文件《开罗会议公报》。

在关于《开罗会议公报》的讨论中，中国代表团中一位62岁的法学专家走到了聚光灯下，他就是出现在这张著名合影里的，时任国防最高委员会秘书长的王宠惠。

◁　年轻时期的王宠惠。

8

中国虎门

广东虎门在中国近现代史上曾留下浓墨重彩的一笔，那就是由林则徐主持的震惊中外的虎门销烟。然而颇具历史巧合的是，这里也是外交家王宠惠的家乡。

在今天虎门镇中心商业区的闹市里，有一座院子，仍然保持着古色古香的味道，这就是王宠惠出生的地方。

△ 王宠惠的故居。

王宠惠19岁以北洋大学第一名最优等生的身份，领到"钦字第壹号"文凭，而这张文凭正是中国有据可查的第一张大学毕业文凭。之后，王宠惠又拿到了美国耶鲁大学法学院的博士学位，并在英国取得律师资格证，法学上的深厚造诣让王宠惠成为第一位将《德国民法典》翻译成英文的人。

钱复（原蒋介石英文秘书）：

他的法学素养非常好，都称他亮老。他第一个把德国的民法翻成英文，我想这个工作，老早德国人就该做，德国人不做，英国人、美国人该做，都不是，是我们一个中国人来把德国的民法翻成英文，所以这个亮老的这种学术的背景、学术底子的扎实，真的是让我们佩服。

在1943年11月的埃及开罗，62岁的王宠惠迎来了他人生中最辉煌的时刻。

在虎门销烟104年后，这位从广东虎门走出来的外交家和当年的林则徐一样，再次面对与中国有着宿怨的老对手——大英帝国。

王守正（王宠惠外孙）：

当初在革命的时候，那个时候我祖父去读书，没有钱，跟孙中山求助，孙中山就毅然资助他。那时候在国外读书很贵，有些革命党人就有反弹声了：我们买枪炮的钱都没有，怎么拿着让他读书去呢？花那么多钱！孙中山先生就讲了一句话，说王宠惠一个人可以抵得上千军万马。

9

埃及开罗

1943年11月24日夜，罗斯福总统私人助理霍普金斯携带美方版本的《开罗宣言》草稿拜访中方代表。中方发现他们向罗斯福提到的每一项意见都列在公报草稿里。然而，事情随后的发展却出乎中方预料。

11月26日，王宠惠出席英国代表的午宴，宴会刚开始就充满了火药味。

艾玛·苏姆斯（丘吉尔外孙女）：

　　丘吉尔的确视英国为帝国，而其他国家毫无疑问是殖民地。丘吉尔是一个帝国主义者。

钱复（原蒋介石英文秘书）：

　　英国真的是在开罗会议里面一直扮演破坏者的角色。所幸我们蒋委员长带去的这些随行人员都能够及时地出来讲话。

　　本该轻松的午宴以一番唇枪舌剑不欢而散，然而之后，中方又震惊地发现，英国对中国的纠缠并没有随午宴告一段落，而是设下了一个圈套。

　　当天下午，美国邀请中、英代表共同讨论英国提出的修改方案，草案看似与前几天的内容无大区别，但敏锐的王宠惠却在英国修改后的草案措辞里发现了一处危险的细节。

华盛顿，美国国家档案馆

　　来自中国的摄制组在美国国家档案馆找到了当年美国总统私人助理霍普金斯起草的公告原稿，在关于中国被日本侵占领土的处理问题上，原稿内容为：

　　　　三国之宗旨，在剥夺日本自从一九一四年第一次世界大战开始后在太平洋上所夺得或占领之一切岛屿；在使日本所窃取于中国之领土，例如满洲、台湾、澎湖群岛等，归还中国。

　　而英国修改后的公告则将"归还中国"删去，改为"必须由日本放弃"。

```
OPERATIONS AGAINST JAPAN.  THE THREE GREAT ALLIES EXPRESSED THEIR
RESOLVE TO BRING UNRELENTING PRESSURE AGAINST THEIR BRUTAL ENEMIES

BY SEA, LAND AND AIR.  THIS PRESSURE IS ALREADY RISING.
  "THE THREE GREAT ALLIES ARE FIGHTING THIS WAR TO RESTRAIN AND

PUNISH THE AGGRESSION OF JAPAN.  THEY COVET NO GAIN FOR THEMSELVES
AND HAVE NO THOUGHT OF TERRITORIAL EXPANSION.  IT IS THEIR PURPOSE

THAT JAPAN SHALL BE STRIPPED OF ALL THE ISLANDS IN THE PACIFIC WHICH
SHE HAS SEIZED OR OCCUPIED SINCE THE BEGINNING OF THE FIRST WORLD WAR

IN 1914, AND THAT ALL THE TERRITORIES JAPAN HAS STOLEN FROM THE
CHINESE, SUCH AS MANCHURIA, FORMOSA, AND THE PESCADORES, SHALL BE

RESTORED TO THE REPUBLIC OF CHINA.  JAPAN WILL ALSO BE EXPELLED FROM
ALL OTHER TERRITORIES WHICH SHE HAS TAKEN BY VIOLENCE AND GREED.  THE

AFORESAID THREE GREAT POWERS, MINDFUL OF THE ENSLAVEMENT OF THE PEOPLE
OF KOREA, ARE DETERMINED THAT IN DUE COURSE KOREA SHALL BECOME FREE

AND INDEPENDENT.
  "WITH THESE OBJECTS IN VIEW THE THREE ALLIES, IN HARMONY WITH THOSE
OF THE UNITED NATIONS AT WAR WITH JAPAN, WILL CONTINUE TO PERSEVERE IN
```

△　开罗会议中声明书的内容（局部）。

钱复（原蒋介石英文秘书）：

（丘吉尔）这个人真的是老奸巨猾。那么所幸有罗斯福，那我刚才讲价值，价值是什么？那最重要的就是把日本从中国偷去的领土像东北、台湾、澎湖都要还给中国。这个时候老奸巨猾的丘吉尔就说，不必提中国了，就是叫他放弃就好。（王宠惠）马上盯这一句话，他放弃是给你啊，还是给他还是给我？要说明白啊，要不然又要打了。

面对英国代表的旁生枝节，王宠惠严厉反驳道："第二次世界大战是由日本侵略中国东北而引起，如果《开罗宣言》对满洲、台湾、澎湖只说应由日本放弃而不说应归还哪个国家，中国人民和世界人民都将疑惑不解。因此，英方的修改意见中国绝不接受。"

王守正（王宠惠外孙）：

我觉得他是一个蛮细心的人。应该这样说，在开罗会议

△　王宠惠（第二排中间）在开罗会议上与各国领导合影。

上面，日本放弃中国这个字眼，应该是他不会用的，他一定会讲说"归还"，因为它是从中国窃取走的土地，那窃取走应该是归还，不应该是放弃。放弃，这个地（就）没有主人了。

王宠惠以理服人，赢得了美方的支持，使得英国代表陷入孤立。

方德万（英国剑桥大学教授）：
　　开罗会议使中国成为我们现在所看到的中国，包含西藏、新疆、台湾、东北。

其实，作为老牌殖民大国，当时的英国对中国芥蒂已深。

早在中方代表和罗斯福秘密夜谈时，关于香港问题，罗斯福提议中方收回香港，但这一议题被英方断然回绝。弱国无外交，面对英方的拒绝，国民政府并无实力提出抗议。

艾玛·苏姆斯（丘吉尔外孙女）：

　　蒋介石一直向美国寻求支持，蒋介石也不是得到了所有他想得到的事情。

　　开罗会议结束后，中国人民又苦苦等待了半个多世纪，经中华人民共和国政府和英国政府多次谈判，直到1997年7月1日，中国才正式对香港恢复行使主权，漂泊百年的东方之珠才重新回到祖国的怀抱。

　　1943年11月25日，参加开罗会议的领导人在这片草坪上合影，留下了这张举世闻名的珍贵照片。

△　参加开罗会议领导人在草坪的合影。

　　开罗会议闭幕后，中方代表团匆匆参观完一直没来得及看的金字塔，就立刻踏上了归程。在回国的飞机上，代表团对开罗会议进行了总结：

此次在开罗逗留七日，其间以政治收获为第一，军事次之，经济又次之，然皆获得相当成就……其结果乃能出于预期。

△ 开罗会议公报。

72年后重读《开罗宣言》，不难理解中方所言的会议结果"出于预期"，更能够体会当时国内与日寇艰苦拼杀的各界人士欢呼雀跃的心情。

中、美、英三国宣布，对日作战的目的在于制止及惩罚日本的侵略；剥夺日本自1914年第一次世界大战开始以后在太平洋所得或占领的一切岛屿，把日本侵占中国的东北地区、台湾、澎湖列岛等归还中国；日本将被逐出其以武力所攫取的所有土地；在相当期间内使朝鲜自由独立；坚持战斗到日本无条件投降。

尤其对于亚洲被压迫民族问题，中国主动承担起大国职责，中方坚持："战后"朝鲜应脱离日本的殖民统治而独立，中美应尽力帮助越南在"战后"独立，泰国的独立地位应予以恢复。

《开罗宣言》向全世界宣告了反法西斯同盟国团结合作、彻底打

HEADQUARTERS

U.S. ARMY FORCES IN THE MIDDLE EAST

CLASSIFICATION

MESSAGE FORM

IN COMING

No. _____ FROM _____ DATE _____

RECEIVED _____

DECODED _____

FOR _____

-2-

ISSUED:

"THE SEVERAL MILITARY MISSIONS HAVE AGREED UPON FUTURE MILITARY

OPERATIONS AGAINST JAPAN. THE THREE GREAT ALLIES EXPRESSED THEIR
RESOLVE TO BRING UNRELENTING PRESSURE AGAINST THEIR BRUTAL ENEMIES

BY SEA, LAND AND AIR. THIS PRESSURE IS ALREADY RISING.
"THE THREE GREAT ALLIES ARE FIGHTING THIS WAR TO RESTRAIN AND

PUNISH THE AGGRESSION OF JAPAN. THEY COVET NO GAIN FOR THEMSELVES
AND HAVE NO THOUGHT OF TERRITORIAL EXPANSION. IT IS THEIR PURPOSE

THAT JAPAN SHALL BE STRIPPED OF ALL THE ISLANDS IN THE PACIFIC WHICH
SHE HAS SEIZED OR OCCUPIED SINCE THE BEGINNING OF THE FIRST WORLD WAR

IN 1914, AND THAT ALL THE TERRITORIES JAPAN HAS STOLEN FROM THE
CHINESE, SUCH AS MANCHURIA, FORMOSA, AND THE PESCADORES, SHALL BE

RESTORED TO THE REPUBLIC OF CHINA. JAPAN WILL ALSO BE EXPELLED FROM
ALL OTHER TERRITORIES WHICH SHE HAS TAKEN BY VIOLENCE AND GREED. THE

AFORESAID THREE GREAT POWERS, MINDFUL OF THE ENSLAVEMENT OF THE PEOPLE
OF KOREA, ARE DETERMINED THAT IN DUE COURSE KOREA SHALL BECOME FREE

AND INDEPENDENT.
"WITH THESE OBJECTS IN VIEW THE THREE ALLIES, IN HARMONY WITH THOSE
OF THE UNITED NATIONS AT WAR WITH JAPAN, WILL CONTINUE TO PERSEVERE IN

THE SERIOUS AND PROLONGED OPERATIONS NECESSARY TO PROCURE THE UNCON-
DITIONAL SURRENDER OF JAPAN.

MAKE ONLY ONE COPY

21/USPJ-19/43

△ 《开罗宣言》原件。

败日本的决心和途径，打击了日本法西斯的侵略气焰，是确定日本侵略罪行及战后处置日本问题的重要国际文件之一。

钱复（原蒋介石英文秘书）：

这个《开罗宣言》对于中国来说非常重要，因为《开罗宣言》奠定了东北、台湾、澎湖要还给中国，让我们的国家领土完整。所以开罗会议宣言以后，又经过波茨坦会议加以确认，最后在日本投降的时候，日本是接受《波斯坦宣言》，那《波茨坦宣言》就包括开罗会议里面的全部，还有一个就是日本的投降必须是无条件投降。那日本也接受了。所以开罗会议可以说是奠定了"二战"的结束，应该怎么样做的一个方案。

中国重庆

1943年12月1日，一直对外严格保密的《开罗宣言》，在德黑兰会议上经苏联确认后，于华盛顿、伦敦、重庆三地同时发表。在重庆图书馆民国资料库里，我们仍然能够通过泛黄的纸张体会当时国人的振奋。

"国内舆情鼓舞"、"国外舆论感奋"、"中国自有报纸以来，从没有登载过这样的好消息"。

尹从华（时为国立政治大学学生）：

在开罗开会发表了《开罗宣言》，其中很重要的一条就是日本占领的一切中国的土地，都要归还中国，台湾要归还中国，这是开罗会议很明确的。

10

埃及开罗

走在开罗热闹的街道上，尽管埃及民众对72年前的那场会议甚至当时的中国并不了解，但日本投降后，特别是在1949年后中国逐渐走上独立发展之路，中国这个古老的国度，才真正进入埃及人民的视野，而这一切都可以看作贫弱落后的中国通过不断奋斗，逐渐走到国际舞台中央的缩影。

△ 热闹的开罗街道上。

周勇（中国抗战大后方研究协同创新中心主任）：

开罗会议是为战后的秩序奠基的一个会，中国作为盟国中的一个大国需要出场。最重要的就是我们讲的战争的伟力存在于人民当中，也是《苦干》所观察到的全民皆兵。所以中国战场客观上发挥了一个重要作用，那么这个战场是由两个战场构成的，一个是正面战场，一个是敌后战场。一个是正面打，一个是后面拉，所以拖住了日本。

沃基哈·阿提格（埃及开罗大学历史系教授）：

如果没有中国，就不会有世界反法西斯战争的胜利。

72年，弹指一挥间。开罗会议也只是人们为了和平和新型国际秩序而奋斗的一个历史瞬间，维护世界反法西斯战争胜利成果，以及维护以联合国为核心的战后和平国际秩序，仍需要中国和其他热爱和平的国家继续携手前进。

争劫

第三章

摄制组远渡重洋、穿越都市的繁华，在旧金山一处僻静的居民区拜访了一位中国老朋友的后人——约翰·伊斯特布鲁克，他的外祖父，正是大名鼎鼎的美国四星上将史迪威。1942年3月4日，史迪威以中国战区统帅部参谋长、中缅印战区美军总司令等多重身份来到中国。在他的率领和指导下，中国远征军表现出了超强的战斗力，赢得了世界各国的尊重。盟军通力协作，沉重打击了中缅印战区的日本侵略者。1944年7月，英帕尔战役以日军伤亡6.5万人告终，成为日本历史上在陆军中损失最惨重的战役之一。

1

美国旧金山

当金门大桥上空的云雾渐渐散去，位于美国西海岸的港口城市旧金山又在繁忙中开始了新的一天。2015年7月，中国摄制组远渡重洋、穿越都市的繁华，在旧金山一处僻静的居民区拜访了一位中国老朋友的后人。

纪实段落

约翰·伊斯特布鲁克，一位退役的美军上校。而他的外祖父，正是大名鼎鼎的美国四星上将史迪威。从这个充满东方风情的家中，不

△ 史迪威，美国四星上将。

难看出这个美国家族与中国的深厚情缘。

能讲一口流利中文的史迪威,被美国军界称为"最精通中国和远东问题的军官"。1942年3月4日,史迪威以中国战区统帅部参谋长、中缅印战区美军总司令等多重身份来到中国。但照片上三人之间的这种和谐与信任,并没有持续多久。

约翰·伊斯特布鲁克(史迪威外孙):

他最初的任务是保证中国仍旧在战场上,因为有很多日本人拼命想拉倒中国。美国希望不让日本把中国拉出战场,以保证太平洋战争。

周小宁(军事科学院研究员):

他是被派到这个地方来的,他是为美国服务的。

吴景平(上海复旦大学教授):

美国很清楚,在亚太这个地方,抵抗日本、真正能够拖住日本,能够坚持到对日战争最后胜利的,主要就是看中国。

1943年11月,史迪威跟随中国代表团一起参加了在埃及开罗召开的中、美、英三国首脑会谈。然而,对中国战场的态度,英国首相丘吉尔远没有美国总统罗斯福那样看重。

开罗会议影像资料同期:

英国首相丘吉尔在他的回忆录中这样写道:"我当时并不同意人们这样过高地估计中国的力量,或中国在未来的贡献。"

胡德坤（中国二战史学会会长，武汉大学教授）：

英国内心是瞧不起中国这个殖民地国家，国力又弱，也不愿意跟中国在一块儿。

最让丘吉尔郁闷的是，中国的事务在开罗会议不是最后，而是最先得到了讨论，不管他怎么争辩，美国总统罗斯福还是坚持把天平压到了中国一方。

乔·梅奥罗（英国伦敦大学国王学院教授）：

罗斯福认为，中国确实很重要，中国是赢得战争的关键。而罗斯福，我认为他很有远见，因为他明白中国会在21世纪成为一个很重要的角色。

戴维·霍洛维（美国斯坦福大学政治系教授）：

如果中国没能坚持抗日战争，这会给苏联带来很大的威胁，因为日本很可能向北进攻苏联。对英国和美国，这意味着日本不会在中国战场投入太多兵力，反而会增加海军和陆军的开支，这对于英国和美国，尤其是美国，是很大的军事威胁。

早在抗战初期，毛泽东就曾指出："伟大的中国抗战，不但是中国的事，东方的事，也是世界的事。"自从1931年九一八事变爆发，中国人民就打响了世界反法西斯战争的第一枪。正如美国总统罗斯福所称赞的那样："中国人民在这次战争中是首先站起来同侵略者战斗的。"

1941年元旦，美国总统罗斯福在白宫观看了一部名为《苦干》的纪录片，原本计划只看20分钟，结果一直看到了85分钟的影片结束。

△ 《苦干》纪录片

这部由美国记者雷伊·斯科特摄制的纪录片真实记录了1937年到1940年间中国抗战的情景。著名记者埃德加·斯诺评论说："这部影片无与伦比的质量和叙事手法，反映了一个民族在苦难中的新生。"

乔·梅奥罗（英国伦敦大学国王学院教授）：

中国尽管多年饱受日本的攻击和侵略，军队几乎被摧毁，仍然坚持战斗。

吴景平（上海复旦大学教授）：

他（罗斯福）认为可以说明问题，法国抵抗德国多久？几个月时间。欧洲绝大部分国家在德国军队所到之处，基本很快都投降。中国和日本军事实力的差别大家都很清楚，但是中国创造了奇迹。

淞沪会战、忻口会战、徐州会战……中国政府在正面战场的坚决抵抗，让日本侵略者始料未及，而更让侵略者始料未及的是共产党领导的敌后战场。

彭玉龙（军事科学院研究员）：

地道战、地雷战、水上游击战、铁道游击战，方方面面，这就是人民战争，是利用广大人民群众的力量，民兵、自卫队，广泛地来开展人民游击战争。

侵华日军第63师团的机枪手斋藤邦雄回国后发表了这样一张战地漫画，形象而生动地表现了华夏大地人民战争的巨大威力。从漫画中可以看到，打得"大日本皇军"仓皇而逃的，不仅有手拿镰刀的农民、手持木棍的乡绅，还有扛着红缨枪的儿童团员。这是世界反法西斯战争中波澜壮阔的人民战争景象。

△ 反映中国人民抗日的日军漫画。

2

中国北京

王成斌，原北京军区司令员，老人家回忆了自己当年参加八路军的初衷。

王成斌（原北京军区司令员，八路军抗战老兵）：

全村3000多居民被杀光了，人被活埋了，小娃娃被吊到树上（让）日本鬼子瞄准射击，我心情好难受，我说非跟小日本鬼子干不可！

菊池一隆（日本爱知学院大学教授）：

（日军）认为只要做一些残忍的事情，诸如南京大屠杀，可以给中方带来恐惧感，从而在精神上征服中国。但是，实际上反而更激发了各地中国人的抗日意识。起初中国民众很恐惧，无法很好地迎战，但是当眼前的人一个一个被杀，家人被害之时，这种恐惧就变成了激愤，不惧怕死亡的愤怒。

正如纪录片《苦干》在前言中这样总结：几个世纪以前，中国为了抵抗外族侵略，曾经在自己的边境修筑万里长城。现在，一个侵略者将铁蹄跨过了中国的万里长城，但是他们面前却呈现了另一堵万里长城，那就是不屈不挠的抗战精神和勇气，以及英雄的中国人民。

共产党领导下的众多抗日根据地，不仅破坏了日本"以战养战"的企图，更是通过艰苦卓绝的游击战争，创造出敌后战场，与正面战场交相辉映，让日军深陷于人民战争的汪洋大海。

战争持续到1941年12月，在太平洋战争爆发以前，陷入中国战场的日本陆军兵力在80%以上。

苏联统帅斯大林曾说："只有当日本侵略者的手脚被捆住的时候，我们才能在德国侵略者一旦进攻我国的时候避免两线作战。"战后，苏联元帅崔可夫曾这样表达："在我们最艰苦的战争年代里日本也没有进攻苏联，却把中国淹没在血泊中，稍微尊重客观事实的人都不能不考虑到这一明显而无可争辩的事实。"

1942年1月1日，美、英、苏、中等26个国家，在美国华盛顿签署

△ 中国军民抗日。

△ "二战"时期在美国流行的宣传海报——中、英、苏三国士兵。

《联合国家共同宣言》，组成反法西斯同盟，标志着世界反法西斯统一战线正式形成。这是"二战"时期在美国流行的宣传海报，分别以中、英、苏三国的士兵为主角。上面用英文书写着："这是你的朋友，他为自由而战。"

正是因为中国人民坚持不懈地对日斗争，才使得中国在世界反法西斯战场中拥有了不可忽视的地位。

吴景平（上海复旦大学教授）：

但问题是通过一个宣言来展示这样的一种中国在反法西斯战场中的重要地位是不够的，它还有很多具体问题需要磋商，比如说像缅甸这个战场。

3

埃及开罗

1943年11月23日，中、美、英三国首脑在埃及开罗的米娜酒店召开会议。关于缅甸战场的问题就是这次会议要讨论的一项重要议题。

陶涵（哈佛大学费正清研究中心研究员）：

罗斯福甚至单独和蒋介石进行了长谈，他们在很多方面几乎都完全达成了一致，包括在缅作战的策略。

在缅甸作战，对于当时的中国来说意义重大。因为自1931年日本侵华以来，中国海上交通线和空中走廊几乎全部落入了日本侵略者手中，缅甸仰光到中国昆明的滇缅公路成为当时中国与外界唯一的陆上交通线。

约翰·伊斯特布鲁克（史迪威外孙）：

1942年日本进攻缅甸，切断了所有对华水陆通道。

1942年，由史迪威指挥的中国远征军在缅甸作战失利，余部一部分退到印度，改称中国驻印军；另一部分回到滇西，重组中国远征军。而这次失利正是他与中国政府矛盾的开始。

约翰·伊斯特布鲁克（史迪威外孙）：

  我认为矛盾开始于第一次缅甸战役，当史迪威到那里以后就开始指挥中国军官和士兵，他发现蒋介石从千里之外的重庆也在对同一部队发布号令。这些命令通常和史迪威的相矛盾。

这位毕业于西点军校的美国将军，以言语"尖酸刻薄"而著称，号称"刻薄乔"。

约翰·伊斯特布鲁克（史迪威外孙）：

  我不知道他是不是喜欢别人叫他那个名字，但是他确实喜欢那个绰号。

"刻薄乔"名不虚传，对于他厌恶的人，从来都不会口下留情。他曾在日记中写道："每当想到那些罗圈腿的日本人是怎样破坏了我们的平静生活时，我就恨不得把他们的肠子都绕到亚洲的每一根路灯杆上去才开心。"他甚至毫不客气地称呼蒋介石是"花生米"，意思是"笨蛋"或"没用的小人物"。

方德万（英国剑桥大学教授）：

  即使支持他的人也会承认，史迪威的性格不善外交，性格因素的确很重要，但是矛盾背后有更深层次的军事战略问题。

尽管对彼此有诸多不满，但在1943年的开罗会议上，对于重夺缅甸，史迪威和中国政府却难得地达成了共识。最终，中、美、英三国首脑达成一致，决定采用两栖登陆的方式，联手夺回缅甸。

陶文钊（中国社会科学院美国研究所研究员）：

一方面是史迪威率领（中国）驻印军从西边往东边打，一方面是（中国）远征军从云南往西边打，那么这样东西夹击，英国在孟加拉湾发起两栖登陆，从南边往北边打，这样三方面合击来解放缅甸。

4
中国重庆，蒋介石黄山官邸

△　位于重庆市南岸区的黄山官邸。1938年至1946年，蒋介石曾在此居住。

1943年12月7日，开罗会议的余温未散，中国政府就接到罗斯福的电报：原本计划在孟加拉湾发起的两栖登陆计划取消了。

12月的重庆，多雨而阴冷。曾经来自罗斯福、丘吉尔的保证，缘何就像这重庆冬日的阳光一样，转瞬消失、难觅踪影了呢？

原来，开罗会议结束之后，罗斯福、丘吉尔与斯大林聚首伊朗首都德黑兰，旨在讨论欧洲战场的局势。

乔·梅奥罗（英国伦敦大学国王学院教授）：

　　他们的首要目标就是打败德国，所以西方大国美、英、苏一致同意先打败德国。

拉纳·米特（英国牛津大学教授）：

　　在最后资源有限的时候他们决定要先把资源提供给欧洲战场，然后再考虑亚洲。

　　尽管美国总统罗斯福事后解释，说自己像"一头倔强的骡子"一般坚持原定的入缅作战计划，但最终还是被能言善辩的丘吉尔所说服。

余戈（印缅抗战史研究学者）：

　　英国就表示，显然在缅甸这块儿，它没法投那么大（力量）。这样，就原先所构想的，在缅甸战场上英国出动多少海空军，实际上就是流产了。

△　德黑兰会议期间的丘吉尔。

英国首相丘吉尔表示，在缅甸深入沼泽丛林与日军作战，犹如跳入大海与鲨鱼搏斗；"如果中国真是名副其实的四强，就让他们自己来证明"。

与在开罗会议时冷漠的态度不同，这张照片拍摄于德黑兰会议期间，达成了自己战略意图的丘吉尔，头戴一顶德黑兰风情的皮帽，表情轻松，面露微笑。这期间又恰逢他69岁寿辰，罗斯福在其生日宴会上发表演讲："当我们结束这历史性的聚会，我们定能在世界的天空上看到希望的彩虹。"

就在其他同盟国举杯庆祝"希望的彩虹"时，中国却正经历着自抗战以来最为艰难的时期。

曾景忠（中国社会科学院近代史研究所研究员）：

中国军队打了7年了，中国最繁荣富庶的地区都被日本占领，中国能支持过7年非常不容易。（军人）体质很差，就靠西南这一部分粮食，要维持几百万军队很不容易的。吃不饱，训练也不足，战斗力也不强，（结果）就是这个军队每一次打下来以后，都牺牲很大。

为消灭日军的海空军力量，美军与日军在太平洋上展开大规模海战、空战。日军大本营意识到从东南亚到日本本土的海上交通线迟早会被切断，抱着"以战养战"的思路，企图通过在中国大陆打开南北交通线，运送来自东南亚的石油、橡胶等战略物资。

钱复（原蒋介石英文秘书）：

所以他拟定的一个"一号作战"计划，认为是一个（最）重要的作战计划。

日军"一号作战"的动员规模，高达51万兵力，超出日俄战争的两倍，航空油料足够半年之用，空军弹药足敷两年。日军一位前线将领，将之称为"旷古大作战"。

正当中国战局岌岌可危之时，1944年4月，罗斯福、丘吉尔以及史迪威却纷纷发来电报，请求中国政府派兵支援盟军在印缅边境的作战。

拉纳·米特（英国牛津大学教授）：

中国正处于非常困难的状态，我认为这里有些不公平。

4

英国伦敦

在距离英国皇室居所白金汉宫不远的地方，有一处地下城堡，这是"二战"时期丘吉尔指挥英国军民反击德国法西斯的战时指挥部，丘吉尔自1940年大选获胜后便一直住在这里。

△ "二战"时期丘吉尔的地下指挥部。

1944年，正在筹备诺曼底登陆的丘吉尔，却在日记里写下这样的话："发生了最紧迫的问题，6万名英军和印度军以及他们的一切现代化装备都被包围在英帕尔平原的圆形地带内，我觉得这比其他问题都更紧急。"

原来，就在丘吉尔决定放弃三国联合夺回缅甸这个计划后的三个月，8.5万日军突然大举进攻印度缅甸交界处的英帕尔地区，数万名英军陷入危局。

此时，距离英帕尔最近的可供调动的盟军部队，便是驻扎在滇西的20万中国远征军，这是当时中国最精锐的一支部队。

卫智（中国远征军司令员卫立煌之孙）：

史迪威在这方面做了大量的贡献，专门有一个部队——有一个伞兵部队是从美国调来的，在昆明这边主要是担任培训、通信、技术指导。

宴伟权（印缅抗战史研究学者）：

美国是教会中国（军官）怎么训练中国军队，教会中国军队怎么使用美国的武器，英国是保障后勤。

如果"精明"的丘吉尔可以早一点预料到，有朝一日他竟然需要中国军队的支援，或许他会对这个久经战火的盟友更好一点。

伦敦，英国国家档案馆

在英国国家档案馆里，保存有这样一份会议记录，内容是询问英国所在的各个战场，是否有多余的低劣武器，可以武装中国军队。

拉纳·米特（英国牛津大学教授）：

　　温斯顿·丘吉尔是一个伟大的战争指挥者。他在维持英国军队与纳粹军队的抗争过程中，起了很大的作用。这是他最重要的贡献。但事实告诉我们，他对于非欧洲国家人民的观念，比较老套。特别是，他更不相信中国人真的有解决自己问题的能力。

　　为了盟军的胜利，1944年5月11日，数万名中国远征军将士强渡怒江，向驻扎在滇西、缅北的日军精锐部队发起进攻。此时在中国正面战场，由于国民党军队长期疲劳作战，加之军中贪腐严重，战斗力锐减，使得日军接连攻陷了郑州、洛阳，疾速向长沙、衡阳进发。

　　两线作战的态势，以及看到蒋介石领导的军队的溃败，让美国总统罗斯福担心中国战场无力支撑，于是，在1944年7月8日发来电报，欲派史迪威指挥全部中国军队。

拉纳·米特（英国牛津大学教授）：

　　（罗斯福）尊重中国的战士们，但他不太认可中国的指挥者（蒋介石）。

曾景忠（中国社会科学院近代史研究所研究员）：

　　他们美国有一个想法就是，因为美国不是在诺曼底登陆，就是它早在1943年就已经组织了他们的盟军的司令部，总司令是谁呢？就是艾森豪威尔。他们根据这个经验，觉得中国战场，最后也应由美国的将军来指挥，所以他们就提出让史迪威来指挥中国的军队。

约翰·伊斯特布鲁克（史迪威外孙）：

（蒋介石认为）史迪威可能威胁他的权力，如果中国军队交由史迪威指挥。

纵然中国战局岌岌可危，但中国人民的抗战意志却愈加顽强。

5

中国湖南，衡阳

衡阳西站，每天只有2个班次火车到站，空空的站台显得落寞。1944年的衡阳，这里却是人满为患，火车满载着30万衡阳人离开他们的家乡，以躲避战火。

钱复（原蒋介石英文秘书）：

日本调了一个军团，11军团，他的军团一共有15万人围衡阳。那我们守衡阳的是我们的第10军，我们一个军有多少人？1.75万人，不过是三分之二个师，守衡阳。

在"一号作战"计划的推动下，日军叫嚣一天之内占领衡阳。面对近乎10倍于我的日军，中国守军竟坚守衡阳整整47天。

萧培（衡阳保卫战民间研究学者）：

我现在站的这个地方就是张家山，张家山是衡阳保卫战最坚固的一个一线阵地。在这里，第10军战士的尸骨都埋在这个下面，3000多具尸骨。

衡阳保卫战结束后，人们在战场上收集到中国阵亡将士的遗骨3000余具，埋葬于此。

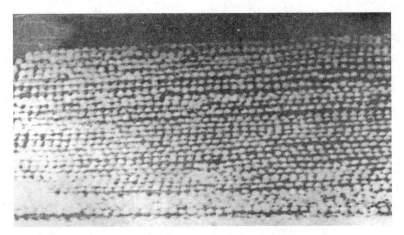

△　衡阳保卫战中国将士遗骨。

虽然湖南衡阳最终陷落，但47天的坚守，有力地迟滞了日军打通大陆交通线的计划。

拉纳·米特（英国牛津大学教授）：

　　尽管中国全面抗战已经六七年了，物资非常匮乏，衡阳战役依然证明，日本想战胜中国绝非易事。

1944年的敌后战场，让日军变得更加恐惧。共产党领导的抗日武装力量攻势作战不断增强，从华北到华南：罗荣桓领导的山东军区，聂荣臻领导的晋察冀军区，刘伯承、邓小平领导的晋冀鲁豫军区，贺龙领导的晋绥军区，曾生领导的东江纵队等各根据地共作战2万次，毙伤日伪军26万多人，收复失地8万多平方公里，解放人口1200多万，成为名副其实的抗战"中流砥柱"。

在八路军、新四军猛烈的攻势下，日伪军逐渐收缩到大中城市和交通要道附近。

△ 日军俘虏向八路军敬礼

今年90岁的王书波，曾在晋察冀根据地担任特务连连长，粗通日语的他还清楚记得当年攻打日军炮楼时向日军喊话的情形。

王书波（八路军抗战老兵）：
　　日本弟兄们，缴枪吧。

当时驻守华北西蒲疃据点的日本上等兵田中在家信中这样写道："他们蛮悍的支那人，时时地包围着我们。他们不是八路军就是普通的民兵，最耻辱的是他们竟敢伏在道沟里向我们大骂，我们反而不敢出去。我们征服的只是一座一方丈大小的碉堡，除此外的每一寸土地都不是安稳的。"

菊池一隆（日本爱知学院大学教授）：
　　日本认为中共的军队神出鬼没，很可怕，很强大。

△ 疲惫不堪的日军。

5

中国北京

李淑姗，美国人，作为中美文化交流的使者，她每年都会来北京几次。她的外祖父林迈克是一名英国人，曾是燕京大学的教授，抗战时期在晋察冀根据地帮助共产党培养了大量的无线电通信人才。

李淑姗（林迈克外孙女）：

他在晋察冀工作生活，他知道那里条件有多艰苦，资源有多匮乏。我认为他很敬重吕（正操）将军。条件艰苦，没有支援，仍坚持斗争。中国让他找到了自己的目标，他很坚定地认为共产党抗日是非常重要的使命，他很高兴自己能参与到这个使命当中，因为英国与中国是盟国。

远在千里之外的滇缅战场，中国远征军正在为了援助英国盟军而浴血作战。1944年7月，英帕尔战役以日军伤亡6.5万人告终，成为日本历史上在陆战中损失最惨重的战役之一。日本方面承认：缅甸战局

△　林迈克在晋察冀根据地教授无线电知识。

△　史迪威在印缅战场上检阅中国士兵。

是以悲剧性的英帕尔战役为转折，走向全盘崩溃的命运。

在缅甸的另一处战场，为了打通西南国际交通线，史迪威指挥中美军队采用空降的方式奇袭被日军占领的密支那机场获得成功，完成了英国蒙巴顿将军认为不可能完成的任务。丘吉尔得知这一消息后，马上责问蒙巴顿："他们是怎样漂亮地在密支那从天而降的？对此你有何解释？"

约翰·伊斯特布鲁克（史迪威外孙）：

若要问（史迪威）最大的功绩，我想他会说自己最大的功绩是，向世界证明：中国军队只要有良好的装备、充足的物资和出色的指挥官，中国的士兵一样可以势不可当。

韩德明（时任中国驻印军坦克营营长）：

约瑟夫·史迪威组织我们坦克营的官兵讲话，你们一开始，你就把你的机关枪和炮按下去，你就不要管它，你们知道，那个枪炮可以连续维持八小时，这是你们学的时候，我给你们讲的；实际上，不止八小时，你连续打，打到鬼子们没有了，你再不打。约瑟夫·史迪威那个人很有趣。

在中缅印战场上所立下的赫赫战功，是史迪威42年戎马生涯中最辉煌的一页，他也因此被晋升为四星上将。1944年9月19日，史迪威将一封罗斯福发来的电报呈给中国政府。

约翰·伊斯特布鲁克（史迪威外孙）：

电报说得很直接，中国军队必须交由史迪威指挥，这其中暗含威胁。如果不这样做，美国将切断对中国的支援。

这封信，将史迪威与中国政府的关系推向了死角。

约翰·伊斯特布鲁克（史迪威外孙）：

（蒋介石）就回复罗斯福说，如果你不召回史迪威，美国可能会失去中国。

1944年，正值中国抗战形势最艰难的时刻，"一寸山河一寸血，十万青年十万军"的号召一出，旋即竟有12万青年学生投笔从戎。国运如丝，尚可众志成城。罗斯福经过仔细权衡，最终决定尊重中国政府的意见，将史迪威召回。两年后，史迪威在旧金山因癌症去世，再也没能回到中国。

余戈（印缅抗战史研究学者）：

对史迪威的解读，不能从纯粹的一个个人得失看。因为史迪威他不是一个个人在中国代表他自己，他代表美国。那么他的所有的这个表现，应该和美国整个的这个政治和战略联系在一起。

5

中国重庆

位于嘉陵江畔的史迪威故居，是抗战期间史迪威将军来华后的居住和办公场所。1991年，这里建成了史迪威博物馆，以纪念史迪威将军对中美两国共同抗击法西斯所做出的卓越贡献。

△ 重庆嘉陵江畔的史迪威纪念馆内景。

在他离开中国前的最后一天，托人给朱德带去一封信："对不能与您和您的不断壮大的杰出的部队并肩抗日深感遗憾。"

共产党在抗战中的显著成果早已引起了史迪威的关注与钦佩，几个月前，在他的提议下，以美国驻华武官包瑞德为首的美国军事观察团访问了延安。

中国延安

陕北延安中学，这里至今还保留着美国军事观察团造访延安时居住的窑洞。

这是毛泽东在1944年拍摄的一张照片，照片中的外国人就是包瑞德，这是美国人第一次以官方身份到访延安。

△ 美国军事观察团访问延安，毛泽东会见当时的美国驻华武官包瑞德（右）。

郝凤年（陕西延安精神研究会主任）：

美军观察团到延安来以后，对延安的一些情况应该说进行了比较广泛的全面的了解，也向美国军方和官方进行了必要的通报。

美军观察团到延安考察后的汇报文件。

这是美国国家档案馆中保存的美军观察团的报告，文件全部标为机密，内容多是美军通过中共在华北、华中的情报机构获得的日军情报。除此之外，还有对此次延安之行的总结。

胡德坤（中国二战史学会会长，武汉大学教授）：

这些报告里面多半做出这样的结论，就是未来的中国是属于共产党的。那个真是跟国民政府形成了鲜明的对照，延安就像一个校园，男女平等，官兵平等，然后政府和老百姓打成一片，整个延安地区生机勃勃，就像一个大的学校的校园一样。所以这些报告送回美国国务院，很多美国人都想到延安看一看，这是什么地方？

在延安，美国人甚至还惊讶地发现：在国军区域中想见日俘总是无法见到，在延安一次就见到日本俘虏数百人。

1944年12月，毛泽东在陕甘宁边区参议会上发表了题为《1945年的任务》的重要演说，他提出，"明年我们唯一的任务是配合同盟国

△ 参加八路的日军俘虏。

打倒日本侵略者"。

与此同时,中国军队在缅甸战场也取得历史性的胜利。1945年1月,中国西南国际运输线完全打通。此时,距离开罗会议已经过去了17个月。

孙安平(中国远征军将领孙立人之子):

有公路你的补给就顺畅多了,可以说物资、武器呀,各方面可以比较大量地进到国内。

为纪念史迪威将军指挥盟军部队和中国军队在滇缅战役中做出的贡献。中国政府将通车后的公路命名为"史迪威公路"。接任史迪威担任印缅战区美军司令及中国驻印军总指挥的苏尔登将军后来回忆说:"在此区作战的华军对盟方战役的整个成就贡献至伟,击毙大部分日军者皆因中国地面部队之功也。"

△ 史迪威的继任者苏尔登将军（左二）。

宴欢（缅印抗战史研究学者）：

（盟军）对中国远征军的评价还是相当高的，我们在很多书店里边可以看见，他们给我们部队很多嘉奖，整师整团的勋章奖章都发了，都有个人的奖章，还有在6月份的时候，他们也邀请中国远征军，就是独立步兵第一团和五十师的一部分到仰光参加胜利大阅兵。

毛泽东、朱德在敌后战场发布反攻命令，八路军、新四军相继解放热河省、察哈尔省全境，向大中城市和交通要冲挺进。到1945年，毛泽东领导新四军、八路军建立19个敌后抗日根据地，拥有9550万人口和220万民兵，91万军队。

彭玉龙（军事科学院研究员）：

日本这个时候已经是穷途末路了，所以1945年我们的方针，敌后战场的方针就是扩大解放区。当时解放区就是根据地，缩小占领区，所以我们一直到日本宣布投降之前，我们主要发动的，就是比较大规模的一个反攻。

日本法西斯的灭亡指日可待，世界反法西斯战争胜利的曙光即将到来。中、美、英、苏等世界反法西斯国家和人民以巨大的牺牲换回了和平与正义。作为东方主战场的中国人民抗日战争，起始时间最早，持续时间最长，条件最为艰苦，牺牲也最为巨大。

曾景忠（中国社科院近代史研究所研究员）：

罗斯福曾经和他的儿子讲过，他说假如中国被日本打垮了，那么日本的军队就可以抽出来，可以占领印度，占领澳大利亚，可以进入中东。盟国要再跟日本打，它的负担有多重？所以抗击日本的主要的担子是在中国军队、中国人民的身上。所以这个中国做出了最大的牺牲。

方德万（英国剑桥大学教授）：

在很多欧美出版的关于"二战"的作品中，中国的角色没有得到充分的认可，确实如此，最近几年这一现象得到了改观，如今中国在"二战"中的重要地位已得到广泛认可。

日本历史学者井上清认为，"在太平洋战争中，与其说日本为英美帝国主义所败，倒不如说为中华民族斗争所败更为重要些"。最终，中国人以自己的实力证明了自己四强的地位。

第四章 气合

在纽约这片商业气息浓郁的地段，曼哈顿东45街311号，SHIHLEE中式快餐店有着别样的氛围。不起眼的招牌，狭长的店面，生意却异常红火，不同肤色的食客络绎不绝。墙上有一张董必武在联合国宪章上签字的照片，主要是纪念中国是建立联合国的其中一国。在抗日战争的烽火硝烟中，中国突出重围，确立了自身在世界中的重要地位。

1

美国纽约

纽约曼哈顿，梦想、激情与活力的代名词，美国的经济文化中心。

然而，就在纽约这片商业气息最浓郁的地段中，曼哈顿东45街311号，SHIHLEE中式快餐店的别样氛围吸引了中国摄制组的目光。

不起眼的招牌，狭长的店面，生意却异常红火，不同肤色的食客络绎不绝。尤其是墙上的这张中国共产党人董必武在联合国宪章上签字的照片引起了我们的注意。

那么，这家小小的中餐馆为什么会挂出这样一张照片呢？

△　SHIHLEE中式快餐的墙壁上挂着董必武在《联合国宪章》上签字的照片。

餐馆老板余景康：

这家餐馆本身是老餐馆，咱们也开了25年，一直以来我们都是联合国的官员过来这边吃饭，员工来吃饭。

△ 联合国总部大厦。

原来，不同肤色的食客大多来自附近的联合国总部大厦，两地之间步行仅5分钟的路程。由于距离近，加之菜品的味道受欢迎，联合国里越来越多的工作人员到这里吃饭，久而久之，这家中餐馆有了一个别名——联合国食堂。

基于这份特殊的情缘，香港老板余景康特意从联合国网站上查阅了大量的历史资料和图片，布置出了这面照片墙，并特意挂出了这张照片。

餐馆老板余景康：

我发现就是说，联合国其实里面有好多很珍贵的照片。为什么选那一张，主要原因说，咱们中国是把联合国建立起来的其中一个国家。

作为美籍华人，饭馆老板余景康在介绍这段历史时带着一份由衷的自豪。的确，从这张照片被拍下的那一刻起，中国走出了百年屈辱的泥潭，重新以胜利者的姿态站到了国际政治舞台的中心，令人恍若惊梦。然而，促成那一瞬间背后的惊心动魄与艰辛不易却鲜为人知。那么，这一切究竟是如何发生的？中国又是如何在积弱积贫的历史重负下，在抗日战争的烽火硝烟中，确立了自身在世界中的重要地位呢？

纪录片《我们为何而战》同期：

中国军队和中国游击队仍然在顽强地抵抗日本这个战争机器。

1944年，第二次世界大战在欧洲已经进行到第五年，在中国，全国性抗战也已经持续了7年之久。随着世界反法西斯战争的胜利推进，战后世界秩序的制订提上了盟国的议事日程。

2

英国伦敦

1944年8月中旬，一份中国政府外交部的电文发到中国驻英国大使馆。电文内容是通知驻英大使顾维钧，率中国代表团前去美国参加一个即将召开的旨在推动新的国际组织建立的会议。这让顾维钧感到出乎意料。

早在1943年10月，中、美、英、苏四国在莫斯科签署《关于普遍安全的宣言》，提出了建立新国际组织的基本原则。随后，美国与英、苏、中三国政府不断积极磋商，希望能够就商讨成立国际组织及制订该组织章程等问题进一步召开会议。最终，时间敲定在了1944年8月举行。

中国政府在得知这一消息后，立刻令外交部向驻英大使顾维钧发出了那份电文。然而，会议内容是建立国际组织问题，又在美国召开，那么中国首席代表的人选为何会落在驻英国大使顾维钧的头上呢？

△　顾维钧。

顾维钧，1888年出生于上海，1904年进入美国哥伦比亚大学学习国际法及外交，在国际外交领域，他是一个颇具知名度的人物。1919年巴黎和会上，31岁的顾维钧就山东的主权问题据理力争，"中国不能放弃山东"如同"基督教徒不能放弃耶路撒冷"的名句就出自顾维钧之口。顾维钧杰出的外交才干曾多次为维护中国的利益做出贡献，被誉为"民国第一外交家"。

胡德坤（中国二战史学会会长，武汉大学教授）：
　　派出顾维钧是因为他是一个非常有经验，而且很善于同西方大国打交道的外交官。

中国政府这次启用如此重量级的外交官，除了说明对这次会议的重视程度，不得不说也有担心的成分。中国政府深知中国"四强"地位的来之不易，除了中国军民用巨大的流血牺牲为世界反法西斯战争做出的实质性贡献之外，外交上不但不能有丝毫失误，睿智与努力尤为重要。

因为就在10个月前，在秋末冬初那个尤为寒冷的季节里，中国在《关于普遍安全的宣言》的签署问题上，就差点与"四强"这个头衔失之交臂。

1943年10月19日，美、英、苏三国外长秘密会谈在莫斯科展开，美国国务卿赫尔、英国外交大臣艾登和苏联外交人民委员莫洛托夫代表各自国家参加。

就在会议开始的第二天，中国驻苏大使傅秉常从美国国务卿赫尔那里，得到了这次会议极为宝贵的信息。

胡德坤（中国二战史学会会长，武汉大学教授）：

这个内容主要体现在两方面：第一方面，由美、英、苏、中四大国共同打败法西斯；第二个方面，就是由这四大国来组织重建一个新的国际和平组织，也就是后来的联合国，美国需要得到中国的支持，也需要进行会前的沟通。

中国如果能够成为发表这一宣言的四个国家之一，也就顺理成章地成为这一新的国际组织的发起国，这将对日后中国的国际政治地位有着深远影响，并有助于中国最大程度地维护自身权益，可谓意义重大。

接下来几天的会谈似乎一切都颇为顺利。直到1943年10月24日，傅秉常在日记中提到，当日英国外交大臣艾登在与傅秉常会晤时表示："四强协定现已无大问题，俟通过时将由赫尔国务卿通知阁下。"同时还说，"此次开会，苏方态度甚为诚恳，尤以莫洛托夫外长充分表现诚意合作之精神，故会务进行颇为顺利"。

然而，仅仅两天之后，1943年10月26日上午7时，傅秉常从赫尔那里得知，《关于普遍安全的宣言》文本已获会谈通过，但中国的签字权问题却成了一个障碍，而这个异议正是苏联外交人民委员莫洛托夫提出的。

△ 傅秉常日记。

△ 莫洛托夫（左）和斯大林（右）。

莫洛托夫，其名取"锤子"之意，他希望自己有锤子般的硬度和威力。1943年，莫洛托夫已年过半百，是斯大林国际谈判的主要代言人和顾问。在他深邃的目光、温和的面孔下，除了有外交官雄辩的口才，也有着俄罗斯人特有的性格：做事认真、一板一眼。

而这一特性就表现在了这次会议上。莫洛托夫提出，傅秉常作为中国驻苏大使，与美、英、苏三国外长相比级别偏低，又未得到中国政府方面的正式授权，因而不具备签字权。

刘晓莉（武汉大学历史学院副教授）：

这个会议召集的时候，中国是没有参加的。但是在这次会议与会之前，美国他就有一个与会的主要目标，罗斯福亲自指示他的国务卿赫尔，在这次会议上一定要是一个四国宣言。

戴维·霍洛维（美国斯坦福大学政治系教授）：

罗斯福认为有四个大国对维持战后世界秩序起主要作用，这几个国家包括英国、苏联、美国，重要的是他认为中国也包括在内，中国是维持战后和平秩序的重要行为体。

由于中国战场抵抗日本法西斯的巨大贡献，把中国作为建立国际新秩序的重要成员是世界发展的迫切需要，《关于普遍安全的宣言》签署之际，如果中国出局，四大国的战略构想就会遭受巨大挫折，这是各方面都不愿意看到的情况。

韩永利（武汉大学教授）：

在这个方面，美国做了大量的工作。美国一个非常重要的理由，就是中国现在在战争当中，我们离不开中国，中国要退出战争的话，我们可能会把我们的全部注意力，也就是英美的注意力，都要转到太平洋方面去，特别美国，要转到太平洋方面去。从这个角度，英国和苏联都不能够否定中国的战时地位。

拉纳·米特（英国牛津大学教授）：

罗斯福总统确实花了很多时间，把中国推荐成为除了苏联、英国和美国之外的四大强国之一。罗斯福认为"二战"是一场反法西斯的战争，因此他们需要非欧洲国家的力量同样出现在最高级别的外交会议上，这是非常重要的。

面对美国国务卿赫尔的据理力争，做事严谨的苏方最终同意中国的加入，但是一板一眼的俄式思维使莫洛托夫坚持表示：傅秉常必须及时得到中国政府授权，才可以参加《宣言》的签署。

然而，为避免外界干扰，会谈决定《关于普遍安全的宣言》必须在1943年10月30日签署，中国要想顺利签字，最迟要在29日准备好授权书，让其他三国进行确认。但在当时，由于通信技术原因，中国驻苏使馆与重庆方面的电文往返时间较长，结果难以保证。这对于傅秉常来说，简直是雪上加霜。

马骏（国防大学教授）：

但问题是几天啊？没几天了，三两天，一两天的工夫就得把这个全给搞定，所以傅秉常在某种意义上，意味着他在做一个他根本完不成的活儿。

情况紧急！1943年10月26日当天，傅秉常与赫尔一同拟了一份请求中国政府授权的电文发往美国国务院，再转发到美国驻华大使馆，再由美使馆转呈中国政府。随后，傅秉常又连夜追加了一封同样内容的电文直接发往重庆。尽了一切努力之后，他只能静静等待消息。

3

中国台湾

今天，在位于台北市北宜路二段的台湾"国史馆"，我们找到了当年中国政府收到的那份傅秉常从莫斯科发来的密电。电文中特意强调："会议将于本周结束，如职可以签字即恳电予全权，职傅秉常"。我们注意到，电文从莫斯科发出的日期是10月26日，而收文的日期竟然已是10月28日。

△　傅秉常发回的电报。

中国政府即便当即做出回复，那么傅秉常收到复电又需要多久呢？在即将开始的这盘通向世界和平的大棋局中，中国又将采取什么样的入局方式呢？

傅秉常在他1943年10月28日的日记中写道，因为估计文件送达时，中国已无法获得签署《宣言》的机会，所以，他决定走一步险棋，先分别致函美、英、苏三国外长，表示已接到授权文件。同时，对自己的这一"违法之举"向中国政府自请处分。然而，正当中国驻苏联使馆将致函三国外长的电报进行翻译时，忽然接到了中国政府的授权。此时已是1943年10月29日凌晨，距离宣言签署只有一天时间。

莫斯科时间1943年10月30日下午6时，签署仪式正式开始。美国、苏联、英国外长分别在《宣言》上签字，而傅秉常作为中国政府的全权代表也郑重在《宣言》上签下自己的名字。至此，中国终于成为《关于普遍安全的宣言》的四个签署国之一。

△ 傅秉常作为中国代表在《关于普遍安全的宣言》上签字。

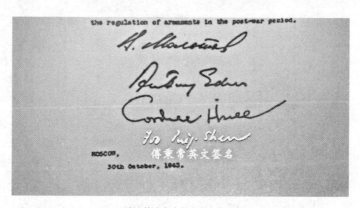

△ 《关于普遍安全的宣言》各方签名。

胡德坤（中国二战史学会会长，武汉大学教授）：

四国《关于普遍安全的宣言》的意义，总的来说有三个方面：第一个方面就是表明美、英、苏、中四大国在战时一致的原则，这个一致就是共同打败法西斯；第二就是对战后的安排，也需要取得四大国一致的意见；第三就是要建一个普遍的维护世界和平的新的国际和平组织。

就在宣言签署的当天，傅秉常在日记中写道："我国自加入此次宣言后，已与英、美、苏三强平等，而居领导世界政治之地位。余得参加签名于此，实为一生最大荣幸之事。"

而正是那惊心动魄的签字，才使中国成功入局，进而得到了接下来这场棋局的入场券。这一局事关重大，四大国间关于国际组织的筹建提上议事日程，地点是美国华盛顿近郊乔治城32街1703号——敦巴顿橡树园。

4

美国，华盛顿敦巴顿橡树园

这座精致的庭院设计别具匠心，绿藤深处时现三两桌椅，红砖小道曲径通幽。如今，敦巴顿橡树园作为隶属于哈佛大学的一个园林建筑学学术交流场所而存在，同时向游人开放。而这座庭院原本是一座私宅，室内如今仍然摆放着曾经的主人——美国外交官罗伯特·比利斯与妻子的合影。由于很少居住，1942年，比利斯夫妇将敦巴顿橡树园交由美国国务院使用。于是，1944年6月，美国国务院把这一国际会议选在了敦巴顿橡树园举行。

敦巴顿橡树园会议是一次旨在推动新的国际组织建立的非正式国际和平机构会议，美国政府制订计划，邀请中国、英国、苏联赴会，具体商讨筹建事宜。

虽然四国有着共同的合作意愿，却也各持不同的立场观点。对于初入棋局的中国来说，与美、英、苏三大国相比，各方面都略显稚嫩，入局不易，身在局中更不易。那么，接到敦巴顿橡树园会议入场券的顾维钧能否带领中国代表团维护好中国的权益呢？

敦巴顿橡树园音乐厅

这里便是当年敦巴顿橡树园会议的会场，音乐厅内，每一件陈设都曾见证了那深刻影响战后世界发展的历史一幕。

英文视频资料同期（赫尔发言）：

全世界所有的国家，根据他们的能力，来保持足够的力量，来进行合作，阻止和平被破坏。

此时此刻，由于苏联尚未与日本宣战，与中国方面直接接触怕刺激日本，所以，会议分为两个阶段进行。

刘晓莉（武汉大学历史学院副教授）：

第一阶段就是美、苏、英三国来讨论问题，第二阶段是美、英、中三国。

从1944年8月21日开始，经过39天的讨论，到9月28日，敦巴顿橡树园第一阶段会议落下帷幕。9月29日，由中、美、英三国参加的第二阶段会议正式开始。会议内容主要是讨论第一阶段英、美、苏三国代表会议通过的方案。

顾维钧曾是中国驻国联的首任代表，对国际事务经验丰富，基于中国在四大国中所处的实际地位，顾维钧在参加敦巴顿橡树园会议的策略上建议采取现实、灵活的立场，"慎重发言，减少提案"，避免提出与美、英、苏三国任何一国正面冲突之主张，"多事居间调和，折中三国方案，俾增加我参与此次会议之贡献为上策"，以确保中国已有的"四强"地位。

刘维开（台湾政治大学教授）：

他从国联开始就一直在这个国际的舞台上面发展，非常坚持中国一定要获得四强的地位，因为他知道，这样子的一个位置的取得非常的不容易。对中国来讲，具有特别的一个意义。

在这种看似略显保守的外交策略下，中国代表团却一路顺利。在避免与任何一国发生冲突的前提下，中国提出了几条建设性意见，其中三点补充建议由于对联合国组织具有重要意义，因而被吸收到建议案中，并得到了美、英、苏三国的一致赞赏。

顾维钧在会议上发言：

我们对他们表示感激，对在最大程度上给予人道主义支持的人们表示感谢，并且感谢其他为了共同的目标而努力的人们。

美国纽约，哥伦比亚大学巴特勒图书馆

在美国哥伦比亚大学巴特勒图书馆的珍本与手稿部，收藏着顾维钧生前所捐赠的在他职业生涯期间保留下来的所有档案。在这些极为珍贵的档案中，我们找到了当年在敦巴顿橡树园会议上中国提出并被吸收到建议案中的三条建议：

第一，调整或解决国际争端时，应对正义及国际法原则加以应有的注意；第二，大国应具有进行调查与做出建议的任务，以发展并修

△ 哥伦比亚大学巴特勒图书馆。

改国际法的规范与原则；第三，经济及社会理事会应具有在教育以及其他一些文化问题上促进合作的特殊任务。

后来，这三点建议被写入《联合国宪章》，中国为联合国的筹建做出了自己应有的贡献。

美国纽约，罗斯福图书馆

△ 美国纽约，罗斯福图书馆。

△　藏于罗斯福图书馆的《关于普遍安全的宣言》的复印本。

经过多方查找，中国摄制组在罗斯福图书馆找到了《关于建立普遍性国际组织的提案》公报的最终版复印本。《提案》共两份，内容相同，签署国分别为美、英、苏和美、英、中。

1944年10月9日，会议公报正式发表。会议规划了新国际组织的基本轮廓，拟定了任务使命、机构设置、职能作用等主要问题，并确定了该组织的名称为"联合国"。于是，建立战后新的国际组织——联合国，成为中、美、英、苏四个国家一同发起的提案。

在中国军民奋勇拼杀于反法西斯战场的同时，中国在外交舞台上，也以积极努力的姿态，实现了与会的基本目标，维护住了自身的大国地位。

刘晓莉（武汉大学历史学院副教授）：

可以说，顾维钧在有限的外交空间，尽了最大的努力，为当时的这样一个中国争取到外交方面的一些权利。

2

1945年3月，作为发起国，中、美、英、苏四国一起向世界其他40多个国家发出了在美国旧金山召开联合国制宪大会的邀请书。这时，法西斯集团的核心国家——德国和日本在盟军的沉重打击下，已经无力阻止失败的命运。联合国的建立成为战后世界重建的一个重要标志，而中国在大国之路上的前景也渐渐明朗。

然而，1945年3月23日，当顾维钧把一封罗斯福的电报抄件送到蒋介石手中后，蒋介石的心情瞬间阴云密布。在顾维钧的回忆录中这样描述："他看完电报，起先似乎颇感兴趣，继而显得心烦意乱。"那么，一向支持中国的美国总统罗斯福在这封电报里究竟提到了什么，竟让蒋介石的情绪有如此大的波动呢？

顾维钧回忆录写道："该电大意是总统收到赫尔利少将的详细报告，赫尔利曾向总统报告说，中国共产党向赫尔利提出了建议，要求中国代表团应包括国民党、共产党和中国民主同盟的代表……总统认为中国代表团若容纳中共以及其他政党的代表也不会引起什么不利的情况。美国代表团就包括了两党的代表，其他国家的代表亦复如此。""换言之，罗斯福实际上是使用很婉转的外交辞令表达了中国代表团应该包括中共代表之意。"

那么，罗斯福基于什么会提出这样的想法呢？

韩永利（武汉大学教授）：

就是通过中国的战时的这样一个表现，作为一个弱国，在局部战争阶段，所有的这个局部战争，弱国都是失败的，中国坚持下来了。其后在这个强国的战争当中，你比如说英法联军也失败了，中国也仍然是坚持了。所以罗斯福也曾经派他的特使到中国了解情况，包括到中国的敌后战场去了解情况，看奥秘到底是在哪里。

此时，中国共产党领导的敌后抗日武装力量，已经展开了卓有成效的反攻作战，不仅抗击了一半以上的侵华日军和九成以上的伪军，还在敌后创建了抗日根据地，成为中国当时名副其实的抗战中流砥柱。

吴景平（上海复旦大学教授）：
共产党所领导的抗日武装力量和团结的各种力量，已经显示出他们是有别于执政的国民党之外，而实际对中国的抗战，乃至对战后中国的走向将会是一个重要的、不容忽视的力量。

齐德学（军事科学院原军事历史研究部副部长）：
美军观察团的一些成员到延安去以后，写了很多详细的报告给美国国务院，就说未来的中国是属于共产党的，所以这样促使好多美国人都想到延安来一下，看看这究竟是个什么地方。

然而，让共产党加入中国代表团，显然是蒋介石极不愿意接受的事情。早在1945年2月18日，中共领袖毛泽东就表示，旧金山会议我们需与民主同盟联合提出要求。同日，周恩来致电美国驻华大使赫尔利，指出参加旧金山会议的中国代表团应包括国民党、共产党和民主同盟。随后，中共方面提出派周恩来、董必武和博古三人参加代表团，但却被国民政府拒绝。

美国旧金山，斯坦福大学胡佛研究院
在位于美国旧金山的斯坦福大学胡佛研究院中，中国摄制组在蒋介石日记中看到了这样的记录："共产党知我对它各种手段皆不能生效，动摇我决心，绝无指派党代表参加旧金山会议之可能。"言辞决绝，毫无余地。

115

而就在写完这篇反省录一周之后，蒋介石收到了罗斯福的这封电报，此时的他怎能不心烦意乱？

刘晓莉（武汉大学历史学院副教授）：

他（蒋介石）其实心里面非常的可以说是纠结，那么他本身是不希望有共产党人出现在他的代表团中间的，但是他又不能够非常明确地去回绝罗斯福的这样一个善意的提醒，所以他当时有一个词叫心烦意乱。

钱复（原蒋介石英文秘书）：

顾大使也有这个意思，我们参加UNCIO（联合国），不能够是一个党。国民党，共产党，无党无派，都该有人。

杨雪兰（顾维钧之女，美中文化协会主席）：

他（顾维钧）说，他跟大家提议应该不单单是国民党的人，中国的代表，这个也应该请共产党的代表，他就是说，我们应该全中国不管哪一个方面的人，都应该有代表的。

3

美国旧金山

2015年7月3日，旧金山歌剧院，由世界顶尖的旧金山歌剧团排演的莫扎特经典喜歌剧《费加罗的婚礼》正在上演。

70年前，也是这样充满期待的掌声，联合国制宪大会在这里拉开帷幕。由于会议期间中国代表团团长宋子文一直忙于和美国洽商财政事务，于是，顾维钧任代理团长。1945年4月25日，作为中国代表团首席代表的顾维钧到达旧金山，这一次，他率领的中国代表团万众瞩目。

△ 旧金山歌剧院。

△ 旧金山会议中国代表团。

华盛顿，美国国家档案馆

在美国国家档案馆，中国摄制组意外发现了这张美国记者拍摄的身穿长袍的中国摄影师的照片。在那场世界盛会上，中国元素备受关注，尤其是共产党代表董必武的出现更是成为焦点。

钱复（原蒋介石英文秘书）：

> 董老是老前辈，他年龄比蒋中正还要大两岁。在抗战的时候呢，他一方面在延安做党校的校长，一方面也是（最高人民）法院的最高的院长。

为维护中国的良好形象，顾维钧建议代表们能够摒弃内政上的分歧，团结一致。而在这一点上，共产党人董必武表现得十分出色。

1945年5月1日，中国代表团举行中外记者招待会，到会的许多外国记者想通过董必武了解中国共产党人的真实情况。有记者提出，让董必武站起来，看看他是否像传说的那样，共产党人是带有危险色彩的人物。董必武不卑不亢、从容自若地站起来侃侃而谈，一派政治家又似学者的风度，博得全场一片掌声。

△ 董必武在记者招待会上侃侃而谈，博得全场一片掌声。

钱复（原蒋介石英文秘书）：

董老差不多在美国待了半年，4月到，11月回中国。他在联合国真的是很和谐，整个的表现也是非常地——可以说适如其分。

中国代表团在国家利益面前吴越同舟，不但给各国留下了良好印象，在对于国际正义的坚持和追求上，也展现出了负责任大国的姿态。

△ 联合国制宪会议。

制宪会议上，美国对一些地区的托管制度提出了与建立战略地区结合起来的提案，而顾维钧认为美国的这一提案实际上与以往国际联盟的委任统治制度一样，有违建立托管制度的初衷。

刘晓莉（武汉大学历史学院副教授）：

顾维钧他是义正词严地数次起立发言，来公开地表达自己的观点，他认为托管的最终目的无他，只有独立二字。

与会的一些小国对美国的提案也都表示反对，认为托管领土应能向自治和独立的方向发展。顾维钧坚定地支持小国的这一立场，毫不让步。

刘晓莉（武汉大学历史学院副教授）：

美国代表团的人士曾经到中国代表团的驻地来对这个顾维钧游说，希望他在托管最终目的的问题上做出让步。但是这个顾维钧就认为说，中国不为自己谋求私利，那么中国作为一个在五大国中间唯一拥有这样一个可以说是殖民地历史的一个国家，他深切地认为，托管的最终目的只能是独立。

最终，顾维钧坚持将这一精神写入了有关文件，赢得了与会弱小国家的一致赞许。顾维钧在回忆录中写道："我坦率地告诉他（美国代表），中国并不想在这一问题上为自己谋取任何特殊好处，也没有什么特殊利益可图，但中国政府衷心希望把民族独立包括在联合国的基本目标之中。我们所关心的不仅是托管领土居民的利益，我们同样关心整个世界。希望包含在新托管制度内的这一终极目标有助于该制度赢得全世界公众的信赖和支持。"

4

美国纽约，联合国总部

今天，在位于纽约曼哈顿的联合国总部大厦书店中，《联合国宪章及国际法院规约》被译成不同文字的版本，摆放在书架上。在这本小册子中，第十二章"国际托管制度"第七十六条，中国代表团顾维钧提出的"独立"二字赫然出现在宪章中。

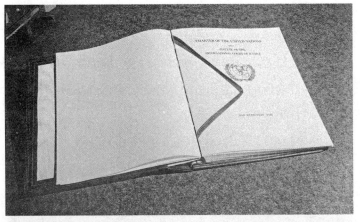

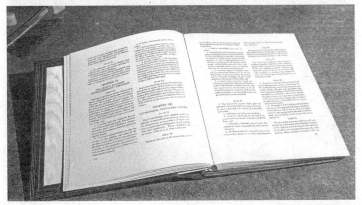

△ 联合国宪章。

哈利法克斯勋爵（旧金山会议最后一次全体会议主持人）：
　　我很荣幸，在这里邀请大家为《联合国宪章》投票。

　　旧金山会议历时两个月，1945年6月26日，大会举行《联合国宪章》签字仪式。中国代表团在发起国中按字母列于首位，因此首席代表顾维钧在《联合国宪章》上第一个签署下自己的名字，而随后签字的中国代表团当中的长髯老者董必武，则成为第一位公开出现在国际政治舞台上的中国共产党代表。这次会议不仅让世界了解了中国共产党，同时也目睹了中国共产党的杰出代表董必武身上所具有的品质、学识、风度和外交才能。

中国作为最早投入反法西斯战争的国家，因为在战争中不可替代的贡献而成为联合国的创始会员国和安理会常任理事国。中国的世界大国地位从这一天起正式得以确立。

1945年10月24日，联合国组织正式发生效力。

陶文钊（中国社会科学院美国研究所研究员）：

我觉得联合国的建立是20世纪人类取得的一个重大的进步，所以我们现在讲到要维护第二次世界大战的这样一个胜利成果，要维护第二次世界大战以后建立的国际格局，我们首先想到的是联合国。

刘晓莉（武汉大学历史学院副教授）：

联合国成立70年来没有发生类似于第一次、第二次世界大战那样的世界范围的大的战争，这和联合国成立之后它对于战争观念的改变，对于这样的一个争端的和平解决方式的推广，包括它本身拥有的这样一种强制力是有密切的关系的。

陈健（联合国前副秘书长）：

所以应该说，联合国按照《（联合国）宪章》给予它的主要任务，一个是和平，一个是发展，一个是人权。这三方面的任务，都应该说是取得了很好的成就，确保了这个世界到目前为止没有发生新的大战，使得在世界各地发生的局部的冲突、地区冲突，能够在最短的时间里头尽快地平息下来。

在世界和平成为主导的大趋势下，1956年12月18日，日本加入联合国。1973年9月18日，民主德国和联邦德国继而加入。

村山富市（日本前首相）：

为了防止今后再在全世界爆发战争，因此成立了联合国，所以说它发挥的是国际警察的作用，将纷争防患于未然。日本赞同这样的考虑，参加了联合国。几乎所有国家都参加了联合国，我认为联合国应该更加增强它的功能，达成它的使命。

陈健（联合国前副秘书长）：

各国都要按照《联合国宪章》的宗旨和目标来行事，各国都要把世界看成一个命运共同体，各国都要追求合作共赢，这样的情况下联合国才能发挥最大的作用。

70年过去，今天，联合国作为世界上最重要的国际组织，依然为维护世界和平与安全不断运转。作为联合国安理会常任理事国之一的中国，在维护世界和平的道路上，任重而道远。

而顾维钧、董必武、傅秉常……这些曾为中国走向国际舞台而倾注心血乃至生命的人们，值得我们永远铭记。

第五章　收官

1944年，日军在中国发动豫湘桂作战，企图进行最后的挣扎，国民党军尽管进行顽强抵抗，但失利连连。正面战场的接连失利，蒋介石把信心寄托在美国身上。而延安的毛泽东坚信只要发动人民群众，中国取得抗日战争胜利指日可待。1945年7月25日，杜鲁门通过海军通信，将促令日本投降的公告发给了美国驻华大使赫尔利，让其尽快取得中国政府首脑的同意，然而24小时过去了，杜鲁门未收到回应。为何蒋介石迟迟没有回应呢?原来公文在中转的过程中因为通信故障被耽搁了，当赫尔利收到公文时，发现蒋介石并未在重庆市区，而是在长江对岸的山野别墅中，由于自然原因，赫尔利必须第二天早上才能渡过长江，蒋介石看了后迅速签字同意。

1

中国重庆

在中国重庆渝中区的高楼之中，有一栋不起眼的西式小楼，因为被树木遮挡，这里显得幽深而冷清。但在70年前，这里频繁往来许多重要人物，因为它是当时的国民政府外交部长宋子文的官邸。

1945年7月25日晚，美国驻华大使赫尔利带着一份绝密电报匆忙赶到这里，这份电报从德国发来，必须要马上取得中国政府代表的签名。然而，几个小时过去了，宋子文和赫尔利却迟迟联系不上蒋介石。

到底是什么文件如此紧急？蒋介石此时又在哪里呢？

△ 国民政府外交部长宋子文的官邸。

华盛顿，美国国家档案馆

2015年夏天，中国摄制组在华盛顿的美国国家档案馆里发现了这样一张照片：1945年3月，美国驻华大使赫尔利返回美国时，被几名记者围着询问中国战局，美国人迫切想了解中国对日作战的形势。此时中美两国为抗击日本侵略者已经并肩作战了三年时间。

△　美国记者向赫尔利（左）询问中国战局。

步平（中国社会科学院近代史研究所研究员）：

　　美国自从战争开始之后，就非常明显了，太平洋战争爆发之后就非常明显了，在整个的作战过程中呢，也是非常迫切，很需要牵制日军的力量的，所以美国感受到中国军队、中国战场的作用。

1944年，日军在中国发动豫湘桂作战，企图进行最后的挣扎。国民党军尽管进行了顽强抵抗，但失利连连，一溃千里。

中国重庆，原蒋介石黄山官邸

居住在重庆黄山官邸的蒋介石，早已无心欣赏山顶秀丽的景色，正面战场的严峻形势已经让他备受煎熬。

拉纳·米特（英国牛津大学教授）：

　　蒋介石发现中国处于非常困难的状态，首先他可以确定的是他没有办法赢得战争，除非他获得同盟国的帮助。

正面战场的接连失利让蒋介石更多把希望寄托在美国身上。此时在延安枣园的窑洞里，共产党领袖毛泽东也在时刻关注着国际局势的变化。与蒋介石被动等待国际援助不同，毛泽东始终坚信，只要发动广大中国人民共同抵抗，一定能够取得对日作战的胜利。

△　始终坚信抗战一定能够胜利的毛泽东。

1945年4月23日，中国共产党第七次全国代表大会在延安大礼堂召开。毛泽东在会上提出，要放手发动群众，壮大人民力量，在我党

△ 延安大礼堂。中共七大曾在此召开。

的领导下，打败日本侵略者。与此同时，在晋察冀等根据地，八路军、新四军向日伪军发起了猛烈的春季攻势。华南抗日游击队也向敌占城镇不断出击，使得日军苦不堪言。

金一南（国防大学战略研究所所长）：

把日本人都吓了一跳，背后有这么多共产党的军队，吓一大跳，它（日本）在入侵中国以后，它的如意算盘是只要把蒋介石打败，只要把中央军击败，就在中国战场取得完胜。但它没有想到出现一个全新的力量。

德国柏林

在世界另一端的德国，1945年4月底，盟军攻入柏林。4月30日，希特勒自杀，紧接着5月8日傍晚，在柏林郊区这栋两层小楼里，德国最高统帅部代表向苏联以及美、英、法等盟国签署了投降书，标志着欧洲战场胜利结束。

而在东方战场，日本法西斯的彻底失败已为期不远。

△ 纳粹德国最高统帅部代表签署投降书。

辜学武（德国波恩大学国际关系教授）：

　　中国当时最关心的事情就是两个事情，第一个是欧洲战场如何结束，第二个是欧洲战场结束之后，盟军会不会挥师东进，彻底地灭掉日本，这个是大家正在考虑的问题。

　　此时，历经14年抗战的中国，山河破碎，满目疮痍。尽管如此，在中国军民的誓死抵抗和打击下，日军已是丧家之犬。怎样处置强弩之末的日本侵略者，世界把目光聚焦在中美两国。

2

美国纽约

　　当德国纳粹投降的消息传到美国，纽约时代广场挤满了庆祝的人群，但美国新任总统杜鲁门却并没有太多欣喜。德国投降的这天，也是杜鲁门61岁的生日，但这份礼物带给他的却是史无前例的压力。

△ 纳粹德国投降的消息传到美国，纽约时代广场挤满了庆祝的人群。

△ 1945年继任美国总统的杜鲁门。

美国华盛顿，美国国家档案馆

在美国国家档案馆里，保存着一组杜鲁门在办公室的个人照片，这是美国记者在他担任总统后为他拍下的。从小就高度近视的杜鲁门不爱说话，镜头前显得十分拘谨，脸上流露出的不安正是杜鲁门压力的写照。当美国前任总统罗斯福突发脑溢血去世时，杜鲁门仓促宣誓，就职成为美国第33任总统。

辜学武（德国波恩大学国际关系教授）：

　　罗斯福总统突然去世之后，按照美国宪法的规定，副总统马上必须接任总统，他几乎是仓促上马，没有做好任何准备。

拉纳·米特（英国牛津大学教授）：

　　这意味着他在短时间内成了战争的领导者，他有很多问题要处理。

罗斯福下了一大半的棋局戛然而止，协助中国打败日本的重任落到了新任总统杜鲁门身上。此时，摆在他面前的是两件大事，欧洲会议和对日作战。

英国肯特郡，丘吉尔故居

1945年5月德国投降时，英国首相丘吉尔已经是71岁高龄，被战争折磨得疲惫不堪的他迫切希望处理欧洲问题。与英国态度不同，攻占柏林后的苏联红军已经开始筹划出兵中国东北的准备，杜鲁门此时的计划就是联手英、苏两国共同击败日本。就这样，一场美、英、苏三国首脑会议摆在了杜鲁门面前。

陶文钊（中国社科院美国研究所研究员）：

　　那么余下来的战争怎么打，这个事情要跟中国来商量。因为在亚洲战场，在亚洲大陆上主要是中国在打，在太平洋上主要是美国在打。所以这个怎么样来结束对日本的战争，接下来的战争怎么打，美国必须要跟中国商量。

　　作为东方主战场，中国在盟国先欧后亚的战略中，苦苦抵抗日军的猛烈进攻，在波兰、法国等先后投降的情况下，仍然死死坚守在东方大地上。而中国的持久抗日迫使日本不断增兵，使得日军在中国陷入泥沼，覆灭已是指日可待。

辜学武（德国波恩大学国际关系教授）：

　　战线越拉越长之后，几乎把它主要的陆军兵力都部署在中国大陆上面的，这样无形中，对美军开辟第二条战线——海上战线来克服日军的这种重重障碍，创造了条件。

　　美国总统杜鲁门利用中国战场消耗大量日本陆军的时机，命令美军从太平洋上一步步逼近日本本土。

钱复（原蒋介石英文秘书）：

　　美国用逐岛——一个岛，一个岛——跳岛作战的方式，一个一个把它消灭掉。为什么呢？因为它（日本）的主力都拖在中国战场了。

　　在中国的策应下，美军在太平洋战场上先后占领吕宋岛、硫黄岛，并成功登陆冲绳岛，逐步逼近日本本土。

日本东京

在日本东京，深埋在神秘树丛中的这处白色建筑就是日本皇宫，侵华战争后期，日军大本营就设在这里。1945年夏天，这个宫殿里充斥着一种可怕的氛围，处于中美两国夹击下的日本几近疯狂。新组建的铃木内阁猖狂叫嚣，为保卫皇土，要举国一致，进行决战。

△ 位于东京的日本皇宫。

马骏（国防大学教授）：

这个时候日本帝国不甘心自己的覆灭，要挽救它失败的命运，那怎么办？于是制定了"决字"作战，一亿人，每一个人我都跟你死磕，就是完全固守在中国战场日军固有的区域。目的呢，就一个，挽救他失败的命运。

狂热的日本军官叫嚣着"一亿玉碎"的口号，打算对中美军队疯狂反击，试图扭转颓败局势。

这张照片展示的是1945年6月，美国成功登陆冲绳岛的场景。经过近82天的苦战，美军在太平洋上从西南方向打开了日本本土的门户。然而，穷途末路的日本法西斯再次展现了其疯狂的一面，仅冲绳岛战役就造成了近8万美军的伤亡。小小冲绳岛上，士兵尸体堆积如山，这场战役也成了美军在太平洋战场上伤亡最大的战役。

△ 冲绳岛战役中受伤的美军士兵。

刚刚接任美国总统就要面对如此惨痛的伤亡，本来就性格内敛的杜鲁门变得更加沉默。

杜鲁门回忆录：

据估计，这需要到1946年的深秋，才能使日本屈膝。这是一个庞大的计划，我们所有的人都充分认识到战斗将非常惨烈，损失也很重大。

残酷的太平洋战况摆在这位刚上任的美国总统面前，眼前的路只有一条——以最小牺牲尽快摧毁日本。在即将召开的欧洲战后会议上，杜鲁门决定联合盟友促使日本尽快投降。

3

德国波茨坦

2015年7月，中国摄制组驱车来到了德国柏林西南部的小城——波茨坦，穿城而过的河流和郁郁葱葱的树木将这座城市装扮得像一个花园。

在小城之中，有一个黄褐色墙壁的塞西林宫，这里每天都吸引着世界各地的游客参观。而70年前的夏天，这里早已戒备森严，遍布巡逻的士兵，一场首脑会议即将在这里召开。

△ 1945年的塞西林宫，波茨坦会议召开地。

乔·梅奥罗（英国伦敦大学国王学院教授）：

波茨坦会议主要的议题是关于波兰，关于哪个国家最后控制波兰，同样也有对德国处置的讨论。

因这次会议主要处理欧洲问题，中国并未参加，但参与会议的

70年前的1945年7月17日下午5点，杜鲁门、丘吉尔和斯大林先后步入会场，从这段美国国家档案馆保存的视频上可以看出，携手取得欧战胜利的他们此时都面带微笑，彼此握手寒暄。然而，这场事关欧洲利益分配的会议注定不会愉快。

△　丘吉尔（左）、杜鲁门（中）、斯大林（右）在波茨坦聚首，握手寒暄。

身着军装的斯大林烟不离手，因为德国和波兰的领土问题，他和丘吉尔已经争执了两天，但杜鲁门却顾不上这些，因为他早已被另一件大事所占据，他需要等待一个合适的时机。

中国重庆，《大公报》报社旧址

与此同时，在通信条件落后的情况下，中国人民始终密切关注着波茨坦会议的进程。从开幕当天起，《大公报》就以头版头条的形式报道着会议的进程。

钱复（原蒋介石英文秘书）：

我们虽然没有参加波茨坦会议，但是对于二次大战结束以后，要怎么样对于未来的世界保证不再有战争发生，我们要有一个机制，我们要参与。

那么接下来，中国将会如何参与其中？美国总统杜鲁门又在等待什么时机？

德国波茨坦，杜鲁门别墅

在距离塞西林宫5公里之外的街上，我们找到了杜鲁门在波茨坦会议期间的住处。70年来，这栋别墅内部进行过多次装修，但外观依然保持了杜鲁门居住时的样子。

就在入住这里的第二天，杜鲁门接到了他日夜盼望的消息。美国陆军部长史汀生告诉杜鲁门，原子弹刚刚在国内试爆成功，并且威力

△ 杜鲁门在波茨坦会议期间的住处。

巨大，这意味着美国拥有了致命性杀伤武器来对付日本。

这个消息让杜鲁门彻夜难眠。此时，不管是在中国战场，还是太平洋上，对日作战每天都有大量士兵伤亡；英、苏两国虽然因为欧洲问题而争论不休，但是在尽快打败日本的问题上，他们都有相同的立场。对于美国原子弹研制成功，丘吉尔和斯大林都表示祝贺，希望美国尽快使用原子弹打击日本。

此时，觉得时机成熟的杜鲁门向大会提交了一份公告，而这份公告正是他带来的最高机密文件，经过参谋长联席会议修改之后，最终呈现出来。

△ 波茨坦会议现场。

韩永利（武汉大学教授）：

就是对日本的一个最后通牒：如果说你不投降的话，你不接受《波茨坦公告》的话，你不接受无条件投降的话，那么就会对你进行最后一击。

142

这份公告详细罗列了13条促使日本投降的条款，公告宣布盟国将给日本最后的机会来结束战斗，否则"吾等之军力，加以吾人之坚决意志为后盾，若予以全部实施，必将使日本军队完全毁灭，无可逃避，而日本之本土亦必终归全部残毁"。公告每一条都饱含了盟国对日本法西斯的痛恨，并警告日本，如果拒不投降，必将遭受毁灭性打击。

虽然中国并未参加波茨坦会议，但是作为抗日的东方主战场，中国在这份公告里并未缺席。公告的第8条明确指出："《开罗宣言》之条件必将实施，而日本之主权必将限于本州、北海道、九州、四国及吾人所决定其他小岛之内。"

陶文钊（中国社会科学院美国研究所研究员）：

在1943年12月1号发表的《开罗宣言》当中就明明白白地说，盟国要剥夺日本从一次大战以后所占领的太平洋领土，而且日本窃取中国的领土包括台湾、澎湖、东北四省，战后都要归还中国。

这意味着这份促日投降公告与1943年的《开罗宣言》一脉相承，而且再次强调了日本作为侵略者必须归还中国领土。

当杜鲁门拿出这份代表盟国意志的公告时，丘吉尔当即表示赞同并签名，而苏联因为此时并未对日宣战，所以公告暂时没有让斯大林签名。

虽然中国的身影并未出现在这次会议上，但是中国对日作战的贡献无可置疑，杜鲁门明确表示："丘吉尔和我都认为中国政府应被邀参与发布这项文件，而且中国应被列为发起的政府之一。"

JAPAN 893

[Enclosure 2 [4]]

TOP SECRET

PROCLAMATION BY THE HEADS OF STATE
U. S.—U. K.—[U. S. S. R.][5]—CHINA
[Delete matters inside brackets if U. S. S. R. not in war]

(1) We,—the President of the United States, the Prime Minister of Great Britain, [the Generalissimo of the Soviet Union] and the President of the Republic of China, representing the hundreds of millions of our countrymen, have conferred and agree that Japan shall be given an opportunity to surrender on the terms we state herein.

(2) The prodigious land, sea and air forces of the United States, the British Empire and of China, many times reinforced by their armies and air fleets from the west [have now been joined by the vast military might of the Soviet Union and] are poised to strike the final blows upon Japan. This military power is sustained and inspired by the determination of all the Allied nations to prosecute the war against Japan until her unconditional capitulation.

(3) The result of the futile and senseless German resistance to the might of the aroused free peoples of the world stands forth in awful clarity as an example before Japan. The might that now converges on Japan is immeasurably greater than that which, when applied to the resisting Nazis, necessarily laid waste to the lands, the industry and the method of life of the whole German people. The full application of our military power backed by our resolve means the inevitable and complete destruction of the Japanese armed forces and just as inevitably the utter devastation of the Japanese homeland.

(4) Is Japan so lacking in reason that it will continue blindly to follow the leadership of those ridiculous militaristic advisers whose unintelligent calculations have brought the Empire of Japan to the threshold of annihilation? The time has come to decide whether to continue on to destruction or to follow the path of reason.

(5) Following are our terms. We will not deviate from them. They may be accepted or not. There are no alternatives. We shall not tarry on our way.

(6) There must be eliminated for all time the authority and influence of those who have deceived and misled the country into embarking

---

[4] The text of this enclosure was sent to the Department of State by the War Department on July 2. On July 3 the Department of State transmitted to the Office of the Assistant Secretary of War by telephone the following suggestion for revising the second sentence of paragraph 12 (file No. 740.00119 PW/7–245): "This may include a constitutional monarchy under the present dynasty if completely satisfactory evidence convinces the peace-loving nations of the genuine determination of such a government to follow policies which will render impossible for all future time the development of aggressive militarism in Japan." Cf. post, p. 899.
[5] Brackets throughout this document appear in the original.

[No. 592]

△ 《波茨坦公告》最初草稿。

4

中国重庆，美国驻华大使馆旧址

1945年7月25日，杜鲁门通过海军通信将促令日本投降的公告发给了美国驻华大使赫尔利，让其尽快取得中国政府首脑蒋介石的同意。然而24小时过去了，杜鲁门仍然没有收到回复。

中美两国对日作战的牺牲依然在继续，杜鲁门想要尽快发布这份促令日本投降的公告，可是为何蒋介石迟迟没有回复呢？

原来，公告文本在中转过程中因为通信故障被耽搁了，美国驻华大使赫尔利收到时，已经是晚上8点多，当赫尔利将文本送给国民政府外交部长宋子文时，两人发现，此时的蒋介石并未住在重庆市区，而是住在长江对岸的山顶别墅里。

中国重庆，黄山别墅

这栋灰色别墅是国民政府迁都重庆之后，中国政府首脑为躲避日军轰炸而买下的，因为环境优美，政界要人经常住在这里。然而，当时的交通条件非常落后，从市中心到山顶需要跨越长江，还要走几十里的盘山公路，交通很不方便。

△ 位于重庆黄山山顶的黄山官邸。

潘洵（西南大学抗战大后方研究中心主任）：

因为重庆实际上当时没有这种跨江大桥，所以说由市区到黄山，他必须要通过渡船，而重庆呢，七八月份，往往是洪水的时候。

周勇（中国抗战大后方研究协同创新中心主任）：

五一以后就很危险，水是非常汹涌，那个时候（江水中的）珊瑚坝机场就全部淹了，所以重庆的江面就特别的宽。

夏天的长江水汹涌澎湃，再加上深夜根本找不到渡船，所以美国驻华大使赫尔利一直等到第二天早上才渡过长江，将草案递到蒋介石手中。

密切关注波茨坦会议的中国政府终于等来了消息，这13条促日投降公告每一个条款都反映了中国人民的心声，蒋介石迅速签字同意，并立即发回到德国波茨坦。

德国波茨坦

1945年7月26日晚，这份由美、中、英三国首脑签署的促令日本投降的公告在波茨坦会议上正式发表，被各国媒体简称为《波茨坦公告》。公告要求"日本政府立即宣布所有日本武装部队无条件投降，并对此种行动诚意实行予以各项保证，除此一途，日本即将迅速完全毁灭"。

诺尔曼·奈马克（美国斯坦福大学教授）：

我认为这是同盟国做的一件很聪明的事情，因为没有一个国家可以单独与敌人交换条件，所有人都明白最终目标是什么，那就是完全打败敌人。

日本东京，皇宫

当代表同盟国集体意志的《波茨坦公告》通过广播传到日本时，已经是东京时间第二天早上，言辞犀利的《波茨坦公告》让日本政府慌乱起来，日本最高战争指导机构立刻召开紧急会议。

拉纳·米特（英国牛津大学教授）：

当日本听到这个公告的时候日本知道同盟国不会给他们商量的余地，他们知道战争将输得很惨。然而日本希望他们可以和苏联商量一下。

经过讨论，日本内阁认为，苏联并没有在《波茨坦公告》上签字，那日本还可以通过苏联来与盟国进行谈判。此时，已经苟延残喘的日本法西斯仍然心存侥幸。

希斯菲尔德（德国斯图加特大学教授）：

当日本收到这份宣言的同时，宣言也被从飞机上抛出数百万张传单撒出，相应地也可以从广播中得知，以此让日本人听到这份宣言。

然而，盟国最终等来的却是日本法西斯的拒绝投降。1945年7月28日下午，日本首相铃木贯太郎对新闻记者发表谈话，表示日本必须向战争的完结而迈进。

韩永利（武汉大学教授）：

铃木首相发表了一个声明，就是不予理睬的声明，这个不予理睬是铃木首相对于《波茨坦公告》，认为《波茨坦公告》是《开罗宣言》的翻版，没有什么新意，日本不予理睬。

此时，疯狂的日本法西斯已经完全丧失理智，摆在他们面前的和平曙光就这样被践踏，而正如《波茨坦公告》所言，放弃投降也意味着日本将自己推向了毁灭的深渊。1945年8月2日，在回到美国的旅途中，杜鲁门做出了一个历史性的决定。

3

日本广岛

1945年8月6日上午，美军轰炸机在日军南部大本营所在地广岛，投下一枚名为"小男孩"的原子弹，14年前将战火烧向中国的日本最终引爆了自身。

△　"小男孩"原子弹在广岛爆炸。

陶文钊（中国社科院美国研究所研究员）：

　　波茨坦会议就表明，盟国，美国、英国和中国我们要讲统一的意志，要求日本无条件投降，如果你不无条件投降，那么你的结局就是像德国这样，就是这个国家彻底粉碎。

紧接着，1945年8月8日，苏联正式对日宣战，9日凌晨，苏联百万大军越过中苏边境，向盘踞在中国东北的日本关东军发起全线攻击。随着苏联对日宣战，斯大林发表声明，加入《波茨坦公告》。至此，《波茨坦公告》最后成为四国对日作战的共同宣言。

1945年8月9日，毛泽东发表《对日寇的最后一战》，就苏联对日宣战一事表示欢迎，号召中国人民的一切抗日力量应举行全国规模的反攻，配合苏联及其他同盟国作战。

同样在1945年8月9日，美国在日本长崎投下第二颗原子弹。

希斯菲尔德（德国斯图加特大学教授）：

换句话说，我们曾把《波茨坦公告》作为给日本的一个结束战争的机会。假如日本接受了这次提议，对《波茨坦公告》恰当地回应，那么原子弹可能不会投下。

1945年8月10日和11日，中国共产党延安总部，朱德总司令连续发布七道受降和进军的命令，命令各解放区抗日武装部队向敌伪发送通牒，限其在一定时间内缴械投降。这一次，将侵略铁蹄踏遍整个亚洲的日本再也无力回天。

重庆，求精中学

1945年8月10日傍晚，重庆嘉陵江畔的求精中学里，突然传出了欢呼声和鞭炮声，一下子打破了重庆的宁静。

潘洵（西南大学抗战大后方研究中心主任）：

当时日军是想通过中立国，准备向美国，就是答应接受《波茨坦公告》，广播上得到这个消息以后，首先在求精中学，美军就欢呼起来了。

原来，求精中学是当时美军驻华总部，当广播中传来日本准备委托中立国表示接受《波茨坦公告》的消息时，整个求精中学沸腾了。虽然还没有最终确认，但是所有人都知道，胜利就要到来了。

△ 重庆求精中学老校门。

△ 1945年庆祝胜利的重庆市民。

就这样，作为战时首都，重庆最先得知了这一喜讯。当时，家住重庆市中心的杨钟岫老人正走在街上，突然发现人们疯了一样地欢呼，那天晚上的情形老人终生难忘。

杨钟岫（时任《新民报》记者）：

整天鞭炮声没停过，敲锣打鼓。8年的辛苦，十几年的受气，甚至于百年受气，突然一下子民族解放出来了，那个欢喜的劲儿，无法用语言来形容。

尹从华（时为国立政治大学学生）：

我记得当时长江、嘉陵江所有的轮船都放汽笛，汽笛长鸣庆祝。停泊在长江的军舰，发了101响礼炮庆祝。

日本投降的官方消息姗姗来迟，1945年8月15日，日本公布了裕仁天皇的投降录音，他虽然使用了晦涩难懂的古日文，但是，投降诏书上写得一清二楚："朕已饬令帝国政府通告美、英、中、苏四国，愿接受其联合公告。"

日本东京湾，美国密苏里号战舰

1945年9月2日上午，经历了14年抗战的中国和英、美、法等国迎来了最终的胜利。在日本东京湾美国密苏里号战舰上，日本政府代表重光葵外相、日军大本营代表梅津美治郎参谋总长，在无条件投降书上签字，徐永昌将军代表中国郑重签下了胜利者的名字。

整个签字过程用时短短4分钟，而为了这4分钟，中国人民用了14年的时间，军民伤亡3500万以上。

△ 1945年停泊在东京湾的密苏里号战舰。

△ 日本外相重光葵在投降书上签字。

△ 日军参谋总长梅津美治郎在投降书上的签字。

△　徐永昌将军代表中国郑重签下了胜利者的名字。

尹从华（时为国立政治大学学生）：

　　那是无法形容的，因为苦难太深重了，国家的苦难、民族的苦难、个人的苦难都尽在其中。

4
华盛顿，美国国家档案馆

时隔70年，中国摄制组在美国国家档案馆找到了这份宝贵的档案。岁月已经将这份档案染黄，但日本外相和日军参谋总长的签名依然清晰可见，这不仅是战败国日本无条件投降的证据，更是侵略者向同盟国认罪的历史证明。

刘维开（台湾政治大学教授）：

　　就中国来讲，乃至于对于整个的亚洲，所有被日本过去在第二次世界大战期间，所侵略过的国家而言，都有他们被日本侵略的记忆存在。而这些记忆是不能够忘记的，因为这是一个国家的记忆。

INSTRUMENT OF SURRENDER

We, acting by command of and in behalf of the Emperor of Japan, the Japanese Government and the Japanese Imperial General Headquarters, hereby accept the provisions set forth in the declaration issued by the heads of the Governments of the United States, China and Great Britain on 26 July 1945, at Potsdam, and subsequently adhered to by the Union of Soviet Socialist Republics, which four powers are hereafter referred to as the Allied Powers.

We hereby proclaim the unconditional surrender to the Allied Powers of the Japanese Imperial General Headquarters and of all Japanese armed forces and all armed forces under Japanese control wherever situated.

We hereby command all Japanese forces wherever situated and the Japanese people to cease hostilities forthwith, to preserve and save from damage all ships, aircraft, and military and civil property and to comply with all requirements which may be imposed by the Supreme Commander for the Allied Powers or by agencies of the Japanese Government at his direction.

We hereby command the Japanese Imperial General Headquarters to issue at once orders to the Commanders of all Japanese forces and all forces under Japanese control wherever situated to surrender unconditionally themselves and all forces under their control.

We hereby command all civil, military and naval officials to obey and enforce all proclamations, orders and directives deemed by the Supreme Commander for the Allied Powers to be proper to effectuate this surrender and issued by him or under his authority and we direct all such officials to remain at their posts and to continue to perform their non-combatant duties unless specifically relieved by him or under his authority.

We hereby undertake for the Emperor, the Japanese Government and their successors to carry out the provisions of the Potsdam Declaration in good faith, and to issue whatever orders and take whatever action may be required by the Supreme Commander for the Allied Powers or by any other designated representative of the Allied Powers for the purpose of giving effect to that Declaration.

We hereby command the Japanese Imperial Government and the Japanese Imperial General Headquarters at once to liberate all allied prisoners of war and civilian internees now under Japanese control and to provide for their protection, care, maintenance and immediate transportation to places as directed.

The authority of the Emperor and the Japanese Government to rule the state shall be subject to the Supreme Commander for the Allied Powers who will take such steps as he deems proper to effectuate these terms of surrender.

△　1945年9月2日，日本向盟国投降书英文原件（1）。

Signed at TOKYO BAY , JAPAN at _09 04. I_
on the _____SECOND_____ day of _____SEPTEMBER_____ ,1945.

重光葵

By Command and in behalf of the Emperor of Japan
and the Japanese Government.

梅津美治郎

By Command and in behalf of the Japanese
Imperial General Headquarters.

Accepted at TOKYO BAY, JAPAN at _0908 I_
on the _____SECOND_____ day of _____SEPTEMBER_____ ,1945,
for the United States, Republic of China, United Kingdom and the
Union of Soviet Socialist Republics, and in the interests of the other
United Nations at war with Japan.

_____
Supreme Commander for the Allied Powers.

_____
United States Representative

_____
Republic of China Representative

_____
United Kingdom Representative

_____
Union of Soviet Socialist Republics
Representative

_____
Commonwealth of Australia Representative

_____
Dominion of Canada Representative

_____
Provisional Government of the French
Republic Representative

_____
Kingdom of the Netherlands Representative

_____
Dominion of New Zealand Representative

△ 1945年9月2日，日本向盟国投降书英文原件（2）。

历时14年之久的抗日战争，终于以日本帝国主义的彻底失败而告终。作为最早开始反法西斯战争的国家，从九一八事变到太平洋战争爆发，中国军民独立抗击日本侵略者达10年之久，开辟了东方唯一的反法西斯战场。太平洋战争爆发后，中国战场仍然是世界反法西斯战争的东方主战场。中国抗日战争为世界反法西斯战争的胜利做出了不可磨灭的历史贡献。

中国台北，中山堂

在台北市中心，有一栋典型的日式建筑，这是日本统治台湾时期为了庆祝裕仁天皇登基而修建的。抗战胜利后的1945年10月25日，这座日式建筑被选为台湾地区日本投降仪式的举办地，在这里，中国正式收复受日本统治长达50年的台湾和澎湖列岛。

在"二战"胜利70年后的今天，中国摄制组走访了美国、英国、德国、日本，中国台湾和大陆，所有的亲历者和学者都给出了我们同样的结论：反思战争并不是为了渲染仇恨，而是为了让人们更懂得珍惜和平。

乔·梅奥罗（英国伦敦大学国王学院教授）：

不要再在世界上打仗了，政治上应该努力尽量去避免再发生这样的矛盾，因为"二战"带来的伤害太大，是人类发展进程的倒退。

德国柏林，被害犹太人纪念碑

2004年，德国在柏林繁华的市中心修起了这处被害犹太人纪念碑，以纪念被纳粹德军杀害的人们。

希斯菲尔德（德国斯图加特大学教授）：

德国人民已经认识到，残害欧洲的犹太人是一个事实，这段历史不允许被抹去，而是成为我们历史知识中的重要组成部分，直到今天仍是这样。

漫步在这片纪念碑中，70多年前的战争伤疤仿佛还在隐隐作痛，但德国人民对法西斯道路的反思让人感到欣慰。

日本东京

而在日本东京，供奉着14名甲级战犯的靖国神社不时刺激着亚洲人民的神经。

日本法西斯发动的侵略战争，不仅给亚洲人民带来了无尽的伤痛，也将日本人民推向了苦难的深渊。

在日本广岛，原子弹留下的伤痛犹在眼前，但一些日本右翼势力依然罔顾历史，公然美化和否认日本对外侵略和殖民历史，企图否定"二战"成果和战后国际秩序。这些，必将引起亚洲和世界一切爱好和平人们的警惕。

经历过战争的人们尤其懂得珍惜和平，他们知道和平是由牺牲无数生命的代价换来的。

作为《开罗宣言》和《波茨坦公告》的签署国，中国用大国担当换来了世界四强之一的地位，然而，因为国力贫弱，四强之一的称号有名无实。随着1949年新中国的成立，中国对地区和世界和平发展担负起更大的责任，一个东方大国的崭新形象重新矗立在世界民族之林。

70多年过去，发动侵略的国家和被侵略的国家都发生了翻天覆地的变化，许多历史的印迹也随着时间流逝而消失，但是对于亲历者来说，那场战争的记忆却永远无法磨灭。

德国柏林

93岁的德军老兵霍夫曼，听说中国摄制组在拍摄"二战"节目，他情绪激动，比着手势，反复告诉记者，纳粹德国发动的战争罪恶深重，我们永远不能让战争再次爆发。

霍夫曼（德国老兵）：

再也不要战争，再也不要战争！就我个人而言，这份坚定我一直保留到今天，这对我而言，是我从这场可怕的、混乱的战争中学到的最重要的东西。至今，我仍坚持这一基本准则。

乔治·贝茨（英国老兵）：

"二战"使得无数人丧生，这场战争怎么说也是不合理的，也不应当被合理化，绝对不应当再重演。

70年斗转星移，《开罗宣言》和《波茨坦公告》历经岁月变迁，依然闪烁着耀人的光芒，它们不仅是正义战胜邪恶的智慧结晶，更是对中国人民抗日战争的巨大支持和鼓舞，为包括中国在内的国际社会确认击败日本侵略者的胜利成果、构建战后亚太地区的国际秩序提供了法律保障。

方德万（英国剑桥大学教授）：

所有的政治家、每个人都要珍惜这些文件所维持的和平，认识到维持这种秩序的责任。

霍夫曼（德国老兵）：

一个勇于承担自己罪责的民族才会屹立不倒。否认这点绝对是撒谎。所有有正义良知的人都应遵循自己的良知。

错误可以被原谅，但侵略的历史却永远不容篡改，只有这样，战争带来的伤痛才能慢慢愈合。这是中国人民的立场，更是所有热爱和平人们的心声。

后记：荣誉背后

　　2016年7月8日晚，第十届"纪录·中国"创优评析颁奖典礼在厦门举行，《军事纪实》栏目纪实团队经过奋战近一年的五集大型纪录片《大棋局：从〈开罗宣言〉到〈波茨坦公告〉》获得抗战文献类节目一等奖，该片执行总导演张丽获得优秀导演奖。

　　《大棋局：从〈开罗宣言〉到〈波茨坦公告〉》自2015年3月启动拍摄，历时10个月。摄制组深入英国、美国、德国、埃及、日本、台湾地区等地多个城市进行拍摄，他们的足迹遍及美国国家档案馆、英国国家档案馆、罗斯福纪念馆等处，搜集珍贵的历史资料，从英国首相丘吉尔与外交大臣的往来书信到美国总统罗斯福私人助理起草的

△ 第十届"纪录·中国"创优评析颁奖现场

△ 　《军事纪实》栏目主编苑新景（左）与《大棋局》执行
总编导张丽（右）

《开罗宣言》公告原稿，从秘不公开的蒋介石日记到开罗会议期间的
珍贵影像，从杜鲁门、丘吉尔和斯大林参加波茨坦会议的影像到日本
外相与日军参谋总长在无条件投降书上签字的珍贵档案……每一段历
史资料的再次面世，都成为纪录片中不可获缺的重要组成部分，寻找
它们的过程，就是见证历史、重读历史、解读历史的过程。

摄制组拍摄路上

　　纪录片创作者有着史学家一般严谨的求证精神，为了考证开罗会
议召开的真实过程，他们遭遇了如历史考证般的漫长曲折。一到开
罗，摄制组就直奔历史记载的开罗会议会址——米娜酒店，没想到酒
店经理却告诉他们一个令人意外的消息：开罗会议的许多重大决定并
不是在这里产生的。

　　开罗正是5月，最舒适温和的季节，《大棋局》的执行总编导张
丽心中却像遭遇了寒冷冬日，这个消息告诉摄制组，开罗会议的召开
地除了米娜酒店，还另有他处，但是14天的拍摄行程，能如愿找到这

个地方吗？专业而严肃的酒店经理透露了一个信息：会议很可能是在当年罗斯福下榻的私人别墅里召开的。70多年前一位外国总统下榻的地点，在开罗还能寻找得到吗？带着一探究竟的决心，摄制组在兼顾其他拍摄的同时，一直四处打探罗斯福下榻别墅的地址，可摄制组足足寻找了12天，却依旧一无所获。眼看归国的日期只剩两天，大家抱着最后一丝希望再次来到了米娜酒店。还是那位彬彬有礼的经理，似乎被来自中国的摄制组所打动，提供了他所知道的线索——那间别墅可能的位置。

扛着摄像机出发，摄制组来到一座大铁门紧锁的三层小楼前。客气的管家和谨慎的女主人，让大家感到这一次真的与真相接近了。直到女主人亲口证实，她的祖父曾在20世纪40年代在这里招待过美国总统，并且经常有一对中国面孔的夫妇登门拜访。

答案是肯定的，这里就是罗斯福下榻的私人别墅，当年，美国总统罗斯福不仅在这里接待过蒋介石，还接待过英国首相丘吉尔等其他国家首脑，他们在这里一次次秘密商谈着许多重大决定。这个结论后经中、英、美三国专家考证认可。在审片时，有专家指着纪录片《大棋局》定格的屏幕说：开罗会议召开的这段历史，我们之前还未曾了解那么多。

20天拍摄美国三城市累垮三位司机

因为《大棋局》涉及中、美、英、苏各方的史实资料，所以一趟美国之行是拍摄这部纪录片必不可少的步骤。编导冯珈说，《大棋局》的美国之行是其中最累的一段。

当地时间上午10点，飞机降落在旧金山，这个加上翻译一共只有5个人的摄制组，根本来不及把行李放到酒店，就直接开始了工作。前来接他们的司机兼向导刚刚盖上汽车的后备厢，就得到出发去斯坦福大学拍摄的要求。先是采访一位学者，然后又在大学里拍摄空镜，直到天色将晚才有收工之意，但回程经过金门大桥，敬业的摄像师大喊一声："等一等，我要拍个夜景！"这一等，就是好几个小时。冯珈还清楚地记得，金门大桥旁的寒夜冰冷彻骨，三台摄像机架设在不同的位置，每个人都用冻僵的双手拼命扶住三脚架以保证拍摄镜头稳定。看着天色渐暗，在山下停车的司机也不放心起来，干脆爬上山来找他们，眼看着他们在没有护栏的山边冻得瑟瑟发抖，这位四五十岁的大叔用训斥孩子的口吻大声呵道：你们不能再这样了！太危险了！

那一天的晚饭，是在晚上11点多才送到嘴边的，而且还差点全体饿了肚子，因为附近的餐馆几乎都已经打烊了。直到接近凌晨，大家才终于看到了将要入住的汽车旅馆是什么样子。这种拼命的工作状态在摄制组看来，只是为了争分夺秒完成拍摄的工作常态，但对于雇佣来的司机则是一种极度的煎熬。每天五六点钟出发，晚上几乎都是12点钟回去，连续多天的拍摄让司机感觉吃不消。待摄制组离开旧金山飞往华盛顿之后，在旧金山接待摄制组的司机大叔忍不住给编导们发了一条信息，提醒他们一定要"照顾好自己，也要让下一站的司机按时吃上饭。"同样的经历也出现在华盛顿和纽约拍摄的司机兼向导身上，其中一位司机对他们说："以前我也接待过中国摄制组，但从来没有见过像你们这么拼命的摄制组！"

到底有多拼命？冯珈用几个数字就能说明：连续20天转战三地去了十几个城市，白天拍摄晚上整理资料，每天只能睡三四个小时。当所有拍摄完成，飞机终于降落在北京那天，冯珈一到家倒头便睡，足足睡了24个小时之后才醒过来。

摄制组的足迹

△　采访史迪威将军外孙

△　伦敦郊区采访丘吉尔外孙女艾玛

△　赴美摄制组成员

△ 摄制组与英国"二战"老兵合影

△ 在柏林采访德军老兵霍夫曼

△ 斯图加特大学教授为记者展示"二战"资料

△ 在纳粹德国投降书签署地拍摄

△ 德国摄制组成员合影

△ 摄制组在美国采访飞虎队老兵

△ 记者在寒风中拍摄旧金山金门大桥

△ 摄制组在1945年台湾地区受降仪式举办地旧址拍摄

△ 摄制组拍摄台北全景

△ 摄制组在伦敦街头拍摄

△ 摄制组成员与牛津大学教授拉纳·米特（左二）合影

△ 记者在美国罗斯福纪念公园拍摄

△ 摄制组与波茨坦会议旧址负责人合影

△ 摄制组成员与埃及当地工作人员交流

△ 摄制组在台北"总统府"前拍摄

170

△ 摄制组在黄山官邸旧址拍摄

△ 摄制组在重庆国民政府外交部旧址拍摄

光荣属于不断挑战新高度的你们，期待辉煌再现！